Verena Dahms

Sarah will hoch hinaus

Impressum

1. Auflage

Copyright 2020 Verena Dahms

Coverdesign: Irene Repp htpps://daylinart.webnode.com
Bildrechte: © Sergey Skripnikov - 123rf.com; © dudlajzov - 123rf.com

Lektorat und Buchsatz: Elsa Rieger
https://www.elsarieger.at/lektorinnen/
Korrektorat: Enya Kummer

Imprint: Independently published

Sarah will hoch hinaus

Alles passiert aus einem Grund.
Menschen ändern sich, damit du lernst loszulassen.
Dinge gehen schief, damit du zu schätzen weißt, wenn es
gut läuft.
Du glaubst einer Lüge, damit du lernst, nur dir selbst zu
vertrauen und
manchmal bricht etwas Gutes auseinander,
damit etwas Schöneres zusammenkommen kann.

(Marilyn Monroe)

Die Hiobsbotschaft

Ich träume, ich falle aus dem Bett. Der Aufschlag ist hart, ich habe mir den Ellbogen an der Bettkante angeschlagen. Verdammt! Es tut höllisch weh.

Verdattert reibe ich die Augen. Ich habe nicht geträumt, ich bin wirklich …! Wie ein kleines Kind.

Die Zunge klebt mir am Gaumen. Ich muss unbedingt etwas trinken. Wie spät ist es eigentlich? Keine Ahnung. Meine Uhr liegt wieder irgendwo herum. Auch egal. Rapple mich auf und tappe zur Tür. In der Küche steht eine angefangene Flasche Rotwein und daneben die volle Flasche Wasser. Gierig trinke ich das Wasser. Herrlich. Doch wacher hat es mich nicht gemacht, schlurfe zurück ins Bett und kuschle mich in die Decke. Der Ellbogen surrt, ich reibe ihn und damit bin ich endgültig munter.

Mit einem Ruck setze ich mich auf, reiße mir die Decke vom Körper. Himmel, es ist Montag! Ein superwichtiges Meeting findet heute um acht Uhr statt. Ich springe aus dem Bett. Mir ist schwindlig. Vielleicht hätte ich abends nur eine Schlaftablette anstatt zwei nehmen sollen. Vielleicht auch nur ein Glas Wein und nicht die halbe Flasche. Aber gestern war wieder einmal so ein Sonntag. Regen ohne Ende, der die Welt in Grau versinken ließ.

Der kalte Wasserstrahl unter der Dusche lässt den

Schwindel verschwinden. Noch einen Kaffee, schwarz und ohne Zucker, dann werde ich für dieses superwichtige Meeting fit sein. Ob der Chef persönlich anwesend ist, sinniere ich, oder lässt er uns die superwichtige Mitteilung durch Evelyne, unsere Vorgesetzte, zukommen? Am Freitagabend, kurz vor achtzehn Uhr, haben wir alle eine Message vom obersten Boss im internen Mailfach gefunden. Wir haben uns gegenseitig angeschaut. Keiner hatte eine Ahnung, um was es gehen sollte. Aber dass es etwas Wichtiges ist, das haben wir gespürt. Denn der Oberboss, so wird er von uns genannt, schreibt selten bis gar nicht Mitteilungen direkt an uns. Die werden meistens der Reihe nach von oben nach unten verteilt.

Der Kaffee weckt meine verlorengeglaubten Lebensgeister doch noch. Oder war es der Schreck, dass heute Montag ist? Egal, es kann losgehen. Ich stopfe den Laptop in die Tasche, schnappe das Handy und eile nach draußen. Ein frischer Wind weht mir den Nieselregen ins Gesicht. Oktober. Ein Monat, der seinem Ruf ›golden‹ derzeit so gar nicht gerecht wird. Seit zwei Wochen Regen, Regen und nochmals Regen. Meine gelbe Ente steht im Carport. Zum Glück. Denn sie ist nicht mehr ganz dicht, die alte Lady, und mit dem vielen Nass, das übers Wochenende heruntergekommen ist, hätte ich ordentlich was zu tun, um die Sitze trocken zu reiben.

Was hat meine Mutter für ein entsetztes Gesicht gemacht, als ich damit bei den Eltern vorgefahren bin. »Kind, mit deinem Gehalt hättest du dir schon etwas

Standesgemäßeres zulegen können. Was denken denn die Nachbarn?«

»Was die denken, ist mir egal«, habe ich erwidert.

Ich werfe die Handtasche auf den Beifahrersitz, setze mich ins Auto und starte. Zuerst ein Ruckeln, wie immer, dann ein Seufzen und ein Brummen. Steige aufs Gas. Die Räder knirschen in der Ausfahrt auf den losen Steinen.

Vor einem Jahr bin ich aus Basel weggezogen und habe mir ein kleines Haus in Reinach, in Baselland gemietet. Von meiner engen Mansardenwohnung hatte ich die Nase gestrichen voll. Praktisch war es ja, so mitten in der Stadt zu wohnen, aber durch die Sommerhitze, die sich unterm Dach gestaut hat, waren meine Nächte noch schlafloser als sonst, dazu die Abgase in den Gassen und, das Wichtigste: kein Grün.

Ich liebe die Natur, falsch, ich liebe sie nicht nur, ich brauche sie. Ganz besonders, wenn ich den ganzen Tag auf den Computerbildschirm gestarrt habe. Grün entspannt. Das Haus, eher ein Häuschen, liegt direkt am Waldrand. Ich habe keine unmittelbaren Nachbarn, und im Dorfladen, der mit dem Auto nur ein paar Minuten entfernt ist, finde ich alles, was ich zum täglichen Leben brauche. Aber ich benötige nicht viel. Wenn ich am Abend heimkomme, kann ich abschalten, vor allem nach Tagen, an denen im Job nicht alles so gelaufen ist, wie es hätte laufen sollen.

Ich nähere mich der Stadt und nun löst Starkregen das sanfte Nieseln von vorher ab. Toll. Bald wird Basel ersaufen. Schlagzeile in der ›BaZ‹: Seit Ende Oktober wird der größte Teil Basels vermisst; Taucher suchen die Stadt im Rhein.

Die Wischblätter schaffen es kaum, die Scheiben vom Wasser zu befreien. Trotzdem kichere ich über die Vorstellung. Mein Arbeitsplatz ist in einem gehobenen Viertel von Basel, im Wettsteinquartier, was, wenn es fortgeschwemmt wird? Dann steh ich ohne Job auf der Straße, äh, im Rhein. Der Oberboss hat vor zwei Jahren eine leerstehende Villa gemietet.

Ich komme an und stelle fest, alles noch da. Auch die nervige Parkplatzsuche am Morgen. Aber heute habe ich Glück. Ich bin ja selten so früh hier. Das Meeting hat meinen morgendlichen Rhythmus durcheinandergebracht. Jetzt heißt es Attacke gegen den Guss von oben rennen. Seit es so oft regnet, horte ich unterm Beifahrersitz ein Paar Gummistiefel, die ich jetzt gegen die Pumps tausche. Die kommen zum Laptop in die Tasche und ich stürme die kurze Steintreppe hoch, stemme die schwere Eichentür auf. Puh! Trotz der paar Schritte unter freiem Himmel sind meine Haare klitschnass geworden. Ich fahre mit den Fingern durch die Schnittlauchlocken in aschblond, einer Haarfarbe, die eigentlich keine ist, schüttle kurz den Kopf und schon sitzt die Frisur wieder. Dann streife ich die Stiefel in der Garderobe von den Füßen und ziehe die Pumps aus der Tasche.

Zur Feier des Tages habe ich heute ein dunkelblaues Kostüm angezogen und mit schlammbeschmierten quietschgelben Stiefeln, mit denen ich normalerweise durch die Pampa pflüge, käme das nicht so gut. Keine Ahnung, wer außer dem Boss von der oberen Belegschaft aus Zürich noch anwesend ist.

Im stilvoll eingerichteten Raum, der für Meetings und Sitzungen reserviert ist, sind meine Arbeitskollegen bereits vollständig versammelt.

Bruno schaut auf die Uhr. »Just in time.« Er grinst breit und zeigt mit einer Handbewegung auf den freien Stuhl an seiner Seite. »Sie sind in Evelynes Büro«, flüstert er mir zu. »Der Oberboss mit zwei Amis. Bin gespannt, was die uns zu sagen haben.«

»Ich auch«, wispere ich. »Das Wochenende war komplett futsch. Ich musste immer an dieses Meeting denken, bis ausgerechnet heute Morgen. Ums Haar hätte ich es verpennt.«

Die Tür öffnet sich und Evelyne erscheint, im Schlepptau der Oberboss und die beiden Amis.

Wie immer ist sie perfekt gekleidet. Dunkelblauer Hosenanzug, schwarze High Heels. Die blonden Haare streng zurückgebürstet. Sie setzt sich und bedeutet den Herren, ebenfalls Platz zu nehmen.

Der Oberboss, auch er im grauen Anzug, ein dunkelblau gestreiftes Hemd, das dem Outfit durch eine rote Krawatte etwas Farbe gibt. Das letzte Mal habe ich ihn vor einem Jahr im Frühling beim jährlichen Mitarbeitergespräch gesehen, da trug er Jeans, ein buntes Hemd und Sneakers. Es muss schon was ganz Wichtiges sein, dass er sich so herausgeputzt hat.

Evelyne räuspert sich. »Ihr habt alle die Mitteilung bekommen«, sie schaut dabei jeden Einzelnen an. »Ich will euch nicht auf die Folter spannen und gebe das Wort nun an Herrn Müller.«

Der Oberboss steht auf. »Ich mach es kurz«, ein Hüsteln, »eine amerikanische Corporation wird unsere Firma ab ersten Januar übernehmen. Im Moment bleibt alles so, wie es ist. In Zürich und Basel geht der Betrieb weiter wie bisher.« Nervös lockert er seine Krawatte. »Wie ihr vielleicht wisst, möchten wir mit unseren Angeboten in großen internationalen Firmen Fuß fassen, aber das ist nur möglich, wenn die Firma in eine internationale Corporation integriert wird.«

Was heißt das denn? Wir können nur weiterbestehen, wenn uns eine internationale Firma schluckt? Unruhig rutsche ich auf meinem Stuhl hin und her. Ich bin jetzt neununddreißig. Vor fünf Jahren habe ich mich hier als EDV-Analytikerin beworben, nachdem ich ein paar Jahre Jobhopping gemacht habe. Eine kleine Firma, genau das war mein Wunsch. Klein aber fein. In der Zweigstelle in Basel sind wir fünf Angestellte. Evelyne war seit Beginn meine Chefin. Ich merkte bald, dass sie auf dem Gebiet der EDV nicht so auf der Höhe ist. Das hat unser Verhältnis häufig auf die Probe gestellt. Mit meinen Kollegen dagegen komme ich prächtig aus. Die akzeptieren mich als einziges weibliches Wesen im Team zu hundert Prozent.

Evelynes Stimme reißt mich aus den Gedanken. »Die beiden Herren«, sie nickt den Amerikanern zu, »werden sich in den nächsten Tagen bei euch melden. Ihr klärt sie dann bitte über eure jeweiligen Projekte auf. Jetzt könnt ihr wieder an die Arbeit gehen.« Sie verschwindet zusammen mit dem Oberboss und den beiden Amerikanern in ihrem Büro.

Betroffen stehen wir auf.

»Was soll das?«, fragt Adrian.

Ein anderer Kollege brummt: »Die haben wohl nicht alle Tassen im Schrank, ich such mir besser einen neuen Job.«

Bruno klopft mir auf die Schulter. »Es wird nichts so heiß gegessen, schon mal gehört?«

Ich nicke, aber der Stein auf meiner Brust bleibt liegen. »Fünf in Basel und zehn in Zürich. Wir werden doch sicher nicht alle übernommen. Diese amerikanische Bude hat bestimmt jede Menge Angestellte, die easy unsere Arbeit übernehmen könnten?«

»Vielleicht, aber wir kennen unsere Projekte in- und auswendig, und die kann jemand anders nicht einfach so übernehmen. Da braucht es Einarbeitungszeit und ganz viel Hintergrundkenntnisse. Also macht euch nicht verrückt. Abwarten ist die Devise.« Bruno lächelt mich aufmunternd an, »gehen wir, Sarah?«

Die Fenster des Büros, das ich mit Bruno teile, zeigen zum Garten, der heute genau so trüb und grau ist wie meine Stimmung. Ich klappe den Laptop auf, fahre das Programm hoch und starre auf die Zahlen, die sich auf dem Bildschirm tummeln.

»Ich hol mir einen Kaffee, magst auch einen?«, frage ich Bruno, der ebenfalls auf seinen Monitor starrt.

Er murmelt ein »Ja« und starrt weiter.

Beim Kaffeeautomaten treffe ich Evelyne, die sich angeregt mit dem Oberboss unterhält.

Er lächelt mir zu. »Sarah, alles okay?«

Ich nicke und lasse zwei Kaffee, schwarz, ohne Zucker, aus der Maschine in die Kartonbecher laufen. Ist eben nicht alles okay. Aber was kann ich tun außer nicken. Nichts!

Mit dem Oberboss habe ich keine Probleme. Er hat mich damals eingestellt. Unser Gespräch war kurz. Nicht eine einzige Frage zu meinem Jobhopping. »Was Sie vorher gemacht haben, interessiert mich nicht«, hat er gesagt. »Was ich aber erwarte, ist, dass Sie sich gründlich einarbeiten und danach bei uns bleiben.« Dann hat er mich lange angeschaut. »Ihre Abschlusszeugnisse sind erste Sahne, doch kann ich mir bei dem derzeitigen Personalstand keine intensive Einarbeitungszeit für Mitarbeiter leisten, die wieder verschwinden. Die Kosten, Sie verstehen?«

Ich verstand und blieb.

»Dein Kaffee.« Ich stelle den Becher auf Brunos Schreibtisch. Nur kurz schaut mein Kollege auf.

»Danke. Sag mal, dein Projekt, Sarah, läuft es?«

Ich hebe die Schultern. »Geht so. Knabbere an einem Problem, wollte übers Wochenende daran arbeiten. Aber die Mail am Freitagabend, na ja, du weißt schon.«

Bruno trinkt einen Schluck. »Mach dir keinen Kopf, so wie ich dich kenne, wirst du es knacken.« Dann starrt er wieder auf den Bildschirm.

Ich lächle. Setze mich an den Schreibtisch und beginne, die Zahlen und Formeln in Teile zu zerlegen.

Probe in der Fasnachtsclique

Dienstag, achtzehn Uhr. Ich klappe den Laptop zu, stehe auf und strecke mich. Bruno sitzt immer noch am Computer und hämmert auf die Tastatur ein.

Er schaut kurz auf. »Aha, Dienstag. Viel Spaß heute Abend. Mach deinen Kopf frei, ja.«

»Alles klar, werde ich. Tschüss, arbeite auch nicht mehr so lange.«

»Nur bis dieser Mist erledigt ist«, brummt er und haut weiter in die Tasten.

Der Regen ist heute etwas weniger heftig als gestern. Die Gummistiefel, die ich in der Garderobe deponiert habe, nehme ich in die Hand, lege sie ins Auto und gehe los.

Bruno. Er ist mein liebster Kollege. Er war schon in der Firma, als ich angefangen habe. Er hat mich betreut, mich in die Abläufe eingeführt. Das wäre Evelynes Aufgabe gewesen, aber sie hatte kein Interesse an mir. Warum auch immer. Ich bin bis heute nicht darauf gekommen, obwohl Bruno mir mehr als einmal gesagt hat, dass sie in mir eine geschäftliche Konkurrenz wittert, da ich die einzige Frau außer ihr in der Firma bin. Worauf ich immer in ein herzhaftes Lachen ausgebrochen bin. Bruno ist vierundvierzig, seit drei Jahren geschieden. Zwei

Kinder, seine Frau verweigert ihm, sie zu sehen. Weshalb? Das habe ich noch nicht herausgefunden. Frauen können so grausam sein!

Vor zwei Jahren bin ich in eine Fasnachtsclique eingetreten. Ein Kommilitone hat mir dazu geraten. »Wenn du beruflich nach oben willst, dann ist es ein Muss, da mitzumachen.«

Ja, ich will nach oben! Ich will nicht wie mein Vater während acht Stunden täglich in einem miefigen Verwaltungsbüro sitzen und Statistikdaten in den Computer klopfen. Ich will mehr. Und so habe ich mich um den Beitritt in einer Clique beworben. Die ist überschaubar. Dreißig Leute, Männlein und Weiblein. Bei einer großen wäre ich sowieso nicht untergekommen, die nehmen nur Männer auf. Seilschaften eben!

Ich habe mir ein Piccolo gekauft, habe Unterrichtsstunden genommen und jetzt bin ich schon so was wie eine echte Fasnächtlerin. An der kommenden Fasnacht werde ich das erste Mal als Pfeiferin am Cortège mit dabei sein.

Auf dem Weg greife ich in die Tiefen meiner Handtasche. Verdammt! Ich habe das Piccolo zu Hause vergessen, nur die Noten habe ich eingesteckt. Hingehen oder nicht? Nein, kneifen kommt nicht in Frage. Außerdem bin ich schon da.

Das Übungslokal liegt versteckt in einer kleinen Gasse mitten in der Altstadt. Nur Insider kennen es. Ich öffne die schwere Holztür und steige vorsichtig die unebenen Steinstufen in den Keller hinunter. Gedämpftes Lachen, dumpfe Trommelwirbel, ich stoße die Tür zum Keller auf.

Die ganze Truppe sitzt bereits um den runden Tisch. Ich bin wieder einmal die Letzte. Heute ist nicht mein Tag, echt jetzt.

Rudi, der Tambourmajor und Cliquenchef nickt mir zu, schaut auf die Uhr und bedeutet mit einem Kopfnicken, mich zu setzen. »Das nächste Mal bitte pünktlich sein, sonst darfst du an der Fasnacht nicht mitlaufen.«

Beschämt nehme ich Platz.

Ein Neuer sitzt auf der mir gegenüberliegenden Seite am Tisch. Zuerst sehe ich seine Hände, wie sie kraftvoll die Trommelstöckel schwingen. Mein Blick wandert hinauf zu seinem Mund, seinen Lippen und bleiben an seinen Augen hängen. Konzentriert schaut er auf die Noten. Scheint alles rund um sich vergessen zu haben.

»Pause«, ruft Rudi.

»Ich habe das Piccolo daheim liegenlassen.« Betreten sehe ich Rudi an, wäre am liebsten unsichtbar geworden. Zuerst komme ich zu spät und dann auch noch ohne das ›Schreiholz‹, wie das Instrument in Fasnachtskreisen genannt wird, weil die hohen Töne jedes Trommelfell zum Platzen bringen.

»Einmal lasse ich das durchgehen.« Er schaut streng, aber seine Augen lächeln mir zu.

Ich atme auf. Rudi kann knallhart sein. Das muss er auch, denn ein Cortège ist kein Spaziergang, bei dem ein bisschen gepfiffen und getrommelt wird. In den großen

Cliquen herrscht militärischer Gehorsam, habe ich mir sagen lassen.

»Übrigens, das ist der Michael, er wird unsere Tambouren verstärken.« Rudi nickt mit dem Kopf zum Neuen.

Der lächelt mich an. Seine blauen Augen strahlen, ich könnte glatt darin versinken. Die blonden kurzgeschnittenen Haare geben ihm einen jungenhaften Touch.

Er steht auf, kommt um den Tisch und reicht mir die Hand. »Meine Freunde nennen mich Mischa und wie heißt du?«

»Sarah.«

»Was für ein schöner Name.«

Verdammt, weshalb zum Teufel steigt mir jetzt die Röte ins Gesicht? »Du hast einen kräftigen Schlag«, versuche ich meine Verlegenheit zu überspielen.

Mischa lacht. »Ich trommle, seit ich sieben Jahre alt bin. Die Fasnacht hat mich schon immer fasziniert. Und bei den ›Bebbie‹ habe ich das Trommeln von der Pike auf gelernt.«

»Aha, und warum dann jetzt hier?«

»Mir war nach einer kleineren Gruppe und ich denke, dass ich hier gut aufgehoben bin.«

»Ich bin auch erst seit zwei Jahren dabei und mache nun das erste Mal aktiv als Piccolospielerin mit.«

»Dann sind wir beide die Neuen.«

Und wieder könnte ich in seinen Augen versinken.

Ab zweiundzwanzig Uhr müssen wir mit den Proben

aufhören. Die Basler Behörde ist sehr strikt, damit die Nachtruhe eingehalten wird. Einmal hat die Clique vom Vermieter einen strengen Verweis erhalten und er hat mit Kündigung gedroht, wenn es noch ein einziges Mal vorkommen sollte.

Damit wir nach der Übung Gelegenheit haben, den Abend beim gemütlichen Zusammensitzen ausklingen zu lassen, hat Rudi in einer Ecke eine Bar eingerichtet. Privat und nicht für die Öffentlichkeit. Nur Insider wissen davon.

Nach ein paar Bieren öffnet Rudi eine Mappe und breitet drei Poster auf dem Tisch aus. »In diesen Kostümen werdet ihr an der Fasnacht durch Basel laufen. Die Pfeifer sind Elfen und die Tambouren Waldgeister. Und ich«, er lacht, »bin ein alter Baum.« Applausheischend schaut er uns an.

Wir klatschen und johlen und prosten ihm zu.

»Nächste Woche zeige ich euch die ersten Entwürfe von unserer Schneiderin, sie sind super geworden, ihr werdet staunen.«

Ich als Elfe! Fast hätte ich laut herausgelacht. Bei meiner Größe von einem Meter siebzig.

Das Geplapper, die Freude auf die Fasnacht, steigt auf einen ordentlichen Level an, so, als wären die schönsten drei Tage im Leben eines Basler Fasnächtlers schon morgen.

Weit nach Mitternacht breche ich auf.

»Wie kommst du nach Hause?« Es ist Mischa.

»Mein Auto steht im Wettsteinquartier.«

»Ich begleite dich. Eine Frau sollte um diese Zeit nicht mehr allein unterwegs sein.«

»Ach, mich stiehlt schon niemand. Ich kann auch kickboxen, falls es notwendig wird.«

Er lacht und nimmt meinen Arm. »Kommt nicht in Frage.«

Gemeinsam laufen wir durch die stillen Straßen. Basel gleicht nach Mitternacht einem Dorf.

»Was machst du beruflich?«

»Ich? Ich arbeite in einer EDV-Firma.«

»Hm, als was? Ich darf das doch fragen?«

»Klar, ich analysiere Probleme.«

»Ungewöhnlich für eine Frau.«

»Mag sein. Ich analysiere gern und Mathe war mein Lieblingsfach. Und du?«

»Designer, Mode, kürzlich habe ich eine Boutique in der Stadt eröffnet. Frauen verschönern und so.«

Ich schaue ihn von der Seite an. Er meint es ernst. Er verschönert Frauen. Wow! An wen bin ich denn da geraten!

Schweigend laufen wir weiter. Unsere Schritte hallen in den Häuserschluchten.

»Hier ist meine Ente.«

Mischa betrachtet sie kritisch. »Und die bringt dich sicher nach Hause?«

»Ja klar. Wir haben schon einige Kilometer zusammen zurückgelegt. Danke fürs Begleiten.« Ich strecke ihm die

Hand hin. Er nimmt sie und streicht mit dem Finger sanft über meine vernarbten Brandwunden. Abrupt ziehe ich sie zurück und stecke sie verschämt in die Manteltasche. Keine Fragen, wie sie sonst gestellt werden, dafür bin ich ihm dankbar.

Ich steige ein und starte. Wie immer bockt die Ente am Anfang, doch nach mehrmaligem Treten auf das Gaspedal setzt sie sich in Bewegung. Ein kurzes Winken und Mischa verschwindet im Dunkeln.

Die Straße glitzert schwarz von der Nässe, die Bäume am Rand fliegen vorbei.

Michael, Mischa. Er hat Design und Mode studiert und kleidet sehr wahrscheinlich die Damen aus der Oberschicht von Basel ein. Vielleicht auch solche aus Zürich. Dann trommelt er wie ein Gott. Seine Schritte, als er neben mir herging, waren federnd. Bei dem Wort ›federnd‹ lache ich auf. Sarah, nun werd nicht theatralisch. Das passt nicht in dein Portfolio.

Es ist halb zwei, als ich die Ente unter den Carport fahre. Die Welt hat sich schlafen gelegt.

Ohne mich abzuschminken, schlüpfe ich unter die Bettdecke. Heute brauche ich keine Schlaftablette.

Weihnacht

Ende November erhalte ich die Kündigung. Die Abteilung in Basel wird geschlossen. Von wegen, es bleibt alles so, wie es ist. Die meisten Kollegen gehen mit nach Zürich. Meine Kenntnisse sind nicht mehr gefragt. Ende Februar ist Sense! Aus!

Ich fühle mich leer, so leer wie noch nie in meinem Leben. Bruno lässt gerade einen Kaffee aus dem Automaten sprudeln, als ich aus dem Büro von Evelyne stolpere.

Stumm und ohne zu fragen, nimmt er mich in den Arm. »Nimm's nicht zu schwer, Sarah. Mit deinen Fähigkeiten wirst du schnell wieder einen Job finden.«

Tränen laufen mir übers Gesicht. »Du gehst mit nach Zürich?«

»Ja, ein Neuanfang, weißt du, nach meiner Scheidung.«

Ich kann ihn verstehen. »Aber weshalb ich?« Das kann ich nämlich nicht verstehen.

»Weil du gut bist. Evelyne kann niemanden neben sich ertragen, der besser ist als sie.«

Vorweihnachtszeit. Lustlos laufe ich die Freie Straße hinunter. Die Stadt ist hell erleuchtet. Überall glitzern geschmückte Tannenbäume. Auch in den Schaufenstern leuchten Weihnachtskugeln und Weihnachtssterne um die Wette. Die Mitglieder der Heilsarmee spulen ihre Weihnachtslieder ab und schwenken die Sammeldosen. Ich nehme das alles wie durch einen Nebel wahr.

Weihnacht ist schon nie mein Ding gewesen, in diesem Jahr ödet mich das Gedudel und hektische Getue noch mehr an.

Eigentlich sollte ich Geschenke besorgen. Aber mir ist nicht danach. Beim Café Spillman bleibe ich stehen, drücke die Nase am Schaufenster platt. Die Pralinenauswahl ist phänomenal. Ich linse durch den halb geöffneten Vorhang ins Innere des gut besuchten Cafés. Kaffee, Kuchen, Pralinen, Seelentröster.

Ich gebe mir einen Ruck, löse mich von den Köstlichkeiten und Sehnsüchten und stapfe den Rheinsprung hoch, um Mischa in seiner Boutique zu besuchen. Habe ihm das schon lange versprochen und immer wieder hinausgeschoben. Er weiß nichts von der Kündigung. Auch meine Eltern wissen nichts davon. Das ist meine Angelegenheit. Ich muss damit klarkommen. Auf halber Höhe sehe ich das Schild der Boutique. Vorher ist dort ein kleiner Blumenladen gewesen. Das Geschäft musste aus Mangel an Publikumsverkehr schließen. Schweratmend öffne ich die Tür.

Bleibe einen Moment stehen. Der Raum ist schlicht. Auf einem Schemel steht ein liebevoll arrangierter Strauß aus Tannzweigen, weißen Lilien und roten Rosen. Weder glitzernde Kugeln noch anderer Weihnachtskitsch.

Auf der einen Seite hängen Kleider, auf der anderen

steht eine antike Kommode voller Schmuck und Kleinigkeiten, die jede Frau verschönern.

Mischa berät eine Kundin. Hält zwei Kleider auf Bügeln hoch, ein langes, fast schon eine Robe, und ein etwas kürzeres mit tiefem Ausschnitt und halblangen Ärmeln. Die Kundin, eine elegante Dame mittleren Alters, betrachtet die beiden Kleidungsstücke mit kritischem Blick.

Er deutet mir mit dem Kopf, dass ich mich in den Sessel neben dem Blumenarrangement setzen soll. Ein freudiges Lächeln umspielt seinen Mund.

Interessiert betrachte ich die beiden. Mischa, schlank, die gepflegten Hände, der Dreitagebart und die blauen Augen. Vor allem die Augen.

Der Kleidung nach gehört die Kundin zur Oberschicht. Zu der Schicht, zu der ich auch hinstrebe. Nach einigem Hin und Her entscheidet sie sich für die lange Robe.

»Sie haben gut gewählt«, höre ich Mischa sagen. »Genau das Richtige für die kommenden Festtage und die Bälle im Januar. Schlicht, mit einem gewissen Etwas. Und es ist ein Unikat.«

»Genau deshalb hat mir eine Freundin Ihre Boutique empfohlen.«

»Dann werde ich es noch auf Ihre Länge kürzen und Ihnen zuschicken. Ist das okay so?«

»Ja, sehr schön. Wann wird es geliefert?«

»In einer Woche, Madame.«

Die Dame verabschiedet sich.

27

Die schwere Parfümwolke schwebt noch im Raum, als sie den Laden verlassen hat.

»Endlich kommst du mich mal besuchen, Sarah.« Mischa läuft mit ausgestreckten Armen auf mich zu. »Ich freue mich so.«

Er haucht mir einen Kuss auf die Wange, nimmt meine Hand und zieht mich durch einen Vorhang in das hintere Zimmer. »Mein Reich, hier arbeite ich.«

Der Raum ist größer als der Laden.

Ein mächtiger Tisch nimmt die ganze Länge in Anspruch. Er ist mit Stoffen und Schnittmustern übersät. Eine Tafel, vollgezeichnet mit Skizzen, bedeckt einen Teil der Wand, und auf einem kleinen Tisch steht eine Nähmaschine.

Ich schaue ihn erstaunt an. »Du kannst nähen?«

»Ja, natürlich. Wenn ich ein Kleid entworfen habe, fertige ich es zuerst einmal aus einem Probestoff an. Danach schicke ich es in das Schneideratelier, das für mich arbeitet. Dort wird es dann mit dem Stoff, den ich dafür ausgesucht habe, genäht.«

»Wenn es Unikate sind, an welchen Größen orientierst du dich dann?«

»Je nach Modell zwischen Größe achtunddreißig und vierundvierzig. Die gängigen Maße eben.«

»Huch«, staune ich. »Und das hast du alles gelernt?«

»Es war schon immer mein Wunsch, Frauen zu verschönern. Frag mich nicht wieso.«

»Aber du verschönerst nur die obere Schicht. Damen

28

aus dem Luxussegment, die sich das leisten können. Hab ich doch eben erst gesehen.«

»Tja, hat sich so ergeben. Ich bin in diesem Luxussegment, wie du es nennst, aufgewachsen.« Er zieht mich wieder nach vorn in den Laden. »Komm, ich zeig dir ein Kleid, von dem ich denke, dass es dir sehr gut stehen würde.« Er nimmt ein dunkelblaues Kleid mit glockigem Rock, enger Korsage und braven langen Ärmeln vom Bügel und hält es mir hin.

Ich schüttle den Kopf. »Wann, bitte schön, soll ich das tragen?«

»Keine Ahnung. Vielleicht wenn du mal mit mir ausgehst oder mit deinem Freund«, bessert er schnell nach.

Ich schnappe nach Luft. »Nee, nee, lass mal. Ich bin keine Klamottendiva, und ausgehen, tja, das tu ich eh nicht sehr oft.«

»Schade. Es hätte dir hervorragend gepasst.« Er hängt das Kleid wieder zurück. »Aber etwas anderes, weshalb bist du nicht mehr zu den Übungsstunden gekommen?«

»Keine Zeit.« Ich schweige verlegen.

»Nach den Feiertagen solltest du aber schon wieder regelmäßig erscheinen. Sonst findest du den Anschluss nicht mehr.«

»Ja, ja. Ab Januar wird es ruhiger, dann habe ich wieder besser Zeit.«

»Hast du jetzt noch ein Stündchen, mit mir Kaffee zu trinken? Ich stecke nur schnell den Saum fertig ab.«

»Leider nein, ich muss ein paar Besorgungen machen.«

Hastig schnappe ich meine Handtasche. »Schöne Feiertage, wir sehen uns im nächsten Jahr wieder.«

»Dir auch. Ich werde sie in Paris bei einem guten Freund verbringen. Lieb, dass du mich besucht hast.«

Die Tür fällt ins Schloss. Ich stehe wieder auf dem Rheinsprung. Ein leichter Nieselregen hüllt die Häuser in einen Grauschleier. Langsam gehe ich hinunter in Richtung Eisengasse.

Heiligabend! Der Tag im Jahr, den ich am meisten hasse. Mehr noch als Ostern, Pfingsten und all die anderen Feiertage. Gespielte Fröhlichkeit. Familientag.

Ich packe die letzten Geschenke ein. Für Mutter eine Sammeltasse. Für Vater ein Buch über Tierfotografie. Meine Schwester Emma bekommt einen handbedruckten Batikseidenschal und die beiden Kinder Märchenbücher, Farbstifte und Malhefte. Ich weiß, sie würden lieber Plastikspielzeug auspacken, aber sie haben schon genug von dem billigen Zeug. Finde ich.

Bei Herbert, Emmas Mann, hat mich die Fantasie verlassen. Sorgfältig stecke ich den Gutschein zusammen mit einer Karte in das Kuvert.

Vier Uhr nachmittags und bereits dunkel. Ich habe noch etwas Zeit bis zum großen Auftritt bei meinen Eltern. Mit einer Tasse Tee setze ich mich in den gemütlichen Ohrensessel. Bin Großmutter sehr dankbar, dass sie ihn mir vererbt hat, lege die Beine auf den Puff und betrachte das Bild an der Wand. Eine bunte Collage, ein

Fund auf einem Flohmarkt im Elsass, die an diesem dunkelgrauen Tag etwas Sommerfeeling aufkommen lässt.

Noch zwei Monate, dann bin ich arbeitslos. Das heißt, wenn ich bis dahin nichts gefunden habe. Nachdenklich nippe ich am Tee. Die Verwaltungsangestellte auf dem Arbeitsamt hat mir nicht sehr viel Hoffnung gemacht. »Sie sind überqualifiziert, haben für die Sozialkassen ein zu hohes Alter und der EDV-Markt ist im Moment überschwemmt mit jüngeren Studienabgängern, die billiger sind.«

›Zu hohes Alter‹. Wenn es nicht so traurig wäre, müsste ich jetzt lachen. Ich stehe auf und gieße einen Löffel Rum in den Tee. Schmeckt doch gleich besser.

Prost Sarah. Bald bist du eine Sozialhilfeempfängerin. Dann ist es vorbei mit deinem Wunsch, ganz oben zu sein. Da hilft auch keine noch so bekannte Fasnachtsclique. Ich trinke die Tasse leer, stelle sie mit einem Ruck auf den Tisch. Wahrscheinlich kann ich die Miete für dieses Haus dann auch nicht mehr bezahlen. Ach Scheiße, daran habe ich noch gar nicht gedacht. Das Haus, oder besser Häuschen, ist mir ans Herz gewachsen. Klein, fein, gerade richtig für eine alleinstehende Frau.

Alleinstehend, schon wieder so ein Wort, das ich hasse wie die Pest. Okay, ich bin nicht verheiratet, habe nicht einmal einen Kerl an der Hand. Nur ab und zu, wenn ich Lust darauf habe. Ich kichere, denke an meinen letzten

One-Night-Stand. Was für ein Typ. Aber gut war er im Bett. Wir hatten viel Spaß zusammen.

Ich steige die schmale Treppe hinauf. Ein kleines Schlafzimmer, direkt unter der Dachschräge, eine Dusche und ein weiteres Zimmerchen, das ich zum Ankleideraum umfunktioniert habe. Grübelnd stehe ich vor meiner Garderobe. Was soll's denn nun für heute Abend sein?

Mutter und Vater legen an Weihnachten viel Wert auf solche Äußerlichkeiten.

Meine Garderobe strotzt nicht unbedingt vor Einfallsreichtum. Ein paar Röcke. Hosen, Blusen, Pullover und natürlich Jeans. Das Kleid von Mischa kommt mir in den Sinn. Mutter wäre die Kinnlade runtergefallen. Und Emma? Die hätte ... keine Ahnung, was die hätte. Jedenfalls wäre sie sehr wahrscheinlich vor Eifersucht geplatzt. Das tut sie oft. Weshalb? Sie hat doch alles. Einen Mann, der für sie sorgt, und zwei süße Kinder.

»Eine dunkelblaue Stoffhose, weiße Bluse und eine Kostümjacke müssen reichen«, murmle ich und ziehe die Kleidungsstücke vom Bügel.

Wie ich das hasse, dieses Aufmöbeln. Weshalb kann man nicht einfach in legeren Klamotten gemütlich zusammensitzen?

Funktioniert bei meinen Eltern leider nicht. Mehr Schein als Sein.

Ich stelle mich unter die Dusche. Das warme Wasser tut gut. Entspannt.

Dann creme ich meine vernarbte Hand mit der Spezialsalbe ein, die mir der Hautarzt kürzlich verschrieben hat. »Wenn Sie diese Salbe regelmäßig einreiben, werden die Wucherungen etwas geglättet.«

Sie sind immer noch da, die Wucherungen. Mist! Lange betrachte ich die wulstigen Brandnarben, die meinen Handrücken zieren. Verbrennungen dritten Grades.

Emma, sie war gerade mal acht Jahre alt, hatte einen Topf mit kochendem Wasser vom Herd gezogen und mir über die Hand geleert. Nicht absichtlich. Mutter war in der Waschküche. Ich lag eine Woche im Spital. Es werden Narben zurückbleiben, hat der Arzt gesagt. Damals.

Ich schaue auf die Uhr. Denke an Mischa. Er wird jetzt bereits in Paris sein.

Die Fahrt in die Stadt geht flott voran. Es sind nur wenige Autos unterwegs. Meine Eltern wohnen im Gundeldingerquartier. Einmal ein gutbürgerliches Quartier, haben sich jetzt auch viele Zugezogene dort niedergelassen.

Es ist noch Zeit für einen Kaffee im Bahnhofsbuffet. Ich liebe Bahnhöfe. Sie implizieren einen Hauch von Freiheit. Einen Hauch von Welt. Einer Welt, die ich mit meinen neununddreißig Jahren noch nicht entdecken konnte. Zuerst die Schule, das Studium, die Arbeit, das Geld, das ich verdienen wollte, auf die hohe Kante legen. Sparen für das Alter. Und jetzt? Scheiße. Ich parke die Ente hinter dem Bahnhof und bummle durch die Überführung in Richtung Bahnhofsbuffet. Es ist ein hoher Raum mit bunten Fresken an den Wänden und der Decke. Die Kellner tragen noch richtige Kellneranzüge mit langen weißen Schürzen. Der Kaffeeautomat, ein altertümliches Gebilde, das zischend und schnaufend Kaffee und warme Milch in die Tassen ausspuckt.

Es sind kaum Leute hier. Klar, es ist der Heilige Abend. Wer will sich denn schon die Zeit im Bahnhofscafé vertreiben. Die sitzen jetzt alle zusammen, bei ihren Familien, Freunden, Verwandten. So wie ich auch in einer Stunde.

Ich bestelle einen Milchkaffee mit extra Schaum, nehme die ›NZZ‹ und die ›BaZ‹ vom Zeitungsständer und blättere unlustig darin. Stellenangebote sind um diese Jahreszeit eher spärlich. Mach dich nicht verrückt, Sarah, du wirst eine Stelle finden. Hast noch zwei Monate Zeit dazu. Entnervt hänge ich die Zeitungen zurück. Zwei Monate gehen so schnell vorüber.

Ich zahle und schlendere zum Auto zurück. Die Geschäfte in der Überführung haben ihre Rollläden heruntergelassen. Ein alter Mann schlurft an mir vorbei. Über der Schulter trägt er sein ganzes Hab und Gut in einer übergroßen Plastikeinkaufstasche. Vielleicht geht er zu einer Veranstaltung für Obdachlose.

Als ich in der Seitenstraße ankomme, in der meine Eltern wohnen, sind natürlich alle verfügbaren Parkplätze besetzt. Die Sucherei fängt an. Nach zwanzig Minuten werde ich fündig. Ich schnappe die Tasche mit den Geschenken und haste die Straße hinunter. Zehn Minuten, ich bin da, aber zu spät.

Die Familie ist vollständig versammelt, als ich die Wohnung betrete. Mutter schaut vorwurfsvoll. Vater unterhält sich mit Herbert und Emma schimpft in der Küche mit Markus. Nur die kleine Ruth kommt freudestrahlend auf mich zu.

»Entschuldigung. Die Parkplatzsuche war wieder einmal sowas von nervig.«

»Wir essen gleich.« Mutter nimmt die Tasche mit den Geschenken entgegen und verschwindet im Salon. Eigentlich ist es kein rechter Salon, sondern das umfunktionierte Kinderzimmer von Emma und mir.

In der Küche frage ich meine Schwester, die immer noch aufgebracht ist, ob ich helfen kann.

»Alles erledigt. Es wäre schon nett gewesen, wenn du etwas früher erschienen wärst. So haben Mutter und ich wieder einmal die ganze Arbeit allein gemacht.« Sie nimmt die Schüssel mit den dampfenden Kartoffeln und rauscht an mir vorbei ins Esszimmer. Ich folge ihr betreten.

So ist es immer. Emma, die Fleißige.

Das war schon so, als ich noch sehr klein war. Emma und Mutter. Gegen die beiden komme ich auch heute nicht an, vermutlich niemals. Mutter konnte wenig mit mir anfangen. Ich, die Klassenbeste, und Emma, das arme Kind, das so viel Mühe in der Schule hatte.

Mutter hatte alle Liebe an meine Schwester weitergegeben. Für mich blieb kaum etwas übrig. Ich erinnere mich genau, wie sie mir nach einem heftigen Streit an den Kopf geworfen hat, ich sei schuld daran, dass sie wegen der schweren Geburt von mir keine weiteren Kinder mehr bekommen könne.

Ich seufze, geh auf Vater zu und drücke ihm einen Kuss auf die Wange.

Herbert streckt mir die Hand entgegen. »Auch schon da!«

Ich sage nichts, betrachte die Weihnachtsdekoration und setze mich an den Tisch, auf die Seite, an der ich schon als Kind saß.

Es gibt Kalbsbraten mit Salzkartoffeln, Salat und zum Dessert eine Eistorte. Es gibt alle Weihnachten Kalbsbraten mit Salzkartoffeln, Salat und Eistorte.

Stille. Alle essen. Nur die kleine Ruth rutscht unruhig auf dem Stuhl herum, aufgeregt wegen der Bescherung, die nach dem Essen folgt.

»Sag mal«, Herbert hebt den Kopf, »ich habe gelesen, dass deine Firma in Basel schließt und alles nach Zürich verlagert wird. Stimmt das?«

Ich nicke.

»Und gehst du mit nach Zürich?«

»Das weiß ich noch nicht.« Hoffentlich sieht niemand meine Verlegenheit. Scheint nicht der Fall zu sein, denn die Torte, die Mutter soeben auf den Tisch stellt, zieht die Aufmerksamkeit der Tischrunde auf sich.

Nachdem der Nachtisch bis auf den letzten Krümel gegessen ist, wischt Vater sich den Mund mit der Serviette ab und steht auf, das Zeichen, dass wir jetzt zur Bescherung schreiten. Auch das ein Ritual, das sich alle Jahre wiederholt.

Nach einer Stunde ist die Geschenkorgie vorbei. Auf dem Boden verstreut liegt Geschenkpapier, kringeln sich bunte Bänder und stehen aufgerissene Kartons.

»Ausmalbücher sind für Mädchen«, mault Markus.

»Und, müsst ihr in der Schule denn nicht malen?«, frage ich.

»Doch, aber es ist trotzdem Mädchenzeug.«

Ich schaue Emma an. Die lächelt nur und schweigt.

Mit meinen anderen Geschenken habe ich es offenbar getroffen. Mutter freut sich über die Sammeltasse. Vater blättert begeistert im Fotobuch. Meine Schwester hat den Schal um den Hals geschlungen und Herbert murmelt: »Davon kaufe ich mir gleich nach den Festtagen eine CD von Mani Matter.«

Ich rolle die Augen. Er mag Mani Matter. Mani Matter, der so kritische Lieder singt. Hätte ich jetzt nicht gedacht.

Auch ich wurde beschenkt. Einen selbstgestrickten Wollschal von Emma, der fürchterlich kratzen wird, so rau fühlt sich die Wolle an, und Piccolohandschuhe, nicht selbstgestrickt, von Mutter. Ich bedanke mich höflich, so, wie eine gut erzogene Tochter und Schwester sich bedankt.

Um dreiundzwanzig Uhr findet, wie jedes Jahr, der große Aufbruch statt.

Erleichtert fahre ich nach Hause. Jetzt noch Silvester und dann geht es weiter mit dem normalen Leben.

Normales Leben? Soll ich eine Schlaftablette nehmen? Lange schaue ich die Packung auf dem Küchentisch an.

Ich entscheide mich für ein Glas Rotwein und setze mich in den Ohrensessel.

Was Mischa wohl gerade macht? Wahrscheinlich sitzt er mit seinen Freunden zusammen und trinkt Champagner. Ich trinke mein Glas aus, stehe auf und schlucke eine Schlaftablette.

Emma

Herbert sitzt in der Küche und schenkt zwei Gläser Wein ein. Als ich aus dem Kinderzimmer zurückkomme, schiebt er mir stumm eines über den Küchentisch zu. Ich setze mich ihm gegenüber und betrachte meinen Mann. Zehn Jahre bin ich nun mit ihm verheiratet. Ich nippe am Wein. Erinnerungen schwappen hoch.

Es war an einem Montagmorgen, damals, als ich noch Sekretärin war. Während ich mir einen Kaffee aus dem Automaten zog, kam mein Vorgesetzter mit einem jungen Mann im Schlepptau auf mich zu.

»Das ist unser neuer Mitarbeiter, Herbert Müller. Er wird uns in der Statistikabteilung unterstützen.«

Ich sehe ihn noch vor mir. Groß, fast hager. Blondes, schon etwas schütteres Haar. Verlegen trat er von einem Fuß auf den anderen, hielt mir die Hand entgegen. Sie war feucht vor Aufregung.

Fast hatte ich ein bisschen Erbarmen mit ihm und hielt ihm meinen Kaffeebecher entgegen. »Willkommen bei uns.«

Obwohl er nicht gerade der feurigste Liebhaber ist, bin ich nicht unglücklich. Er geht jeden Tag ins Büro. Er säuft nicht. Er hurt nicht herum. Bringt brav seinen Lohn nach Hause. An meinen Geburtstagen überrascht er mich mit einem Blumenstrauß und einem Geschenk. Meistens etwas Praktisches. Geld für Unnützes war noch nie seins.

Wir heirateten, ich gab meinen Job als Sekretärin auf und war froh, nicht jeden Tag ins Büro gehen zu müssen.

Ich liebe es nach wie vor, für meine Familie da zu sein. Ich habe Freundinnen, mit denen ich mich einmal im Monat zum Kaffeetrinken und Kuchenessen treffe. Ich vermisse nichts. Sarah kommt mir in den Sinn. Fast habe ich etwas Bedauern mit ihr. Aber nur fast. Warum kam sie heute einmal mehr unpünktlich bei den Eltern an? Nur damit sie nichts helfen musste? Immer fährt sie einen Extrazug, meint, dass sie mit ihrer Ausbildung etwas Besseres sei.

»Was denkst du?« Herberts Frage schreckt mich auf.

»Ach, nichts Besonderes. War wieder ein schöner Abend heute, findest du nicht?«

»Doch, doch. Bloß deine Schwester, sie passt so gar nicht in die Familie.«

»Weshalb?«

»Nur so. Wieso hat die keinen Freund? Ist doch komisch. Ist sie vielleicht …?«

Ich lache auf. »Ganz sicher nicht.«

»Ja? Ich hatte heute Abend das Gefühl, dass bei ihr einiges nicht stimmt.«

»Die will halt keinen Freund. Eine Emanze ist sie.

Komm, lass uns ins Bett gehen.«

Ich stehe auf, laufe um den Tisch zu Herbert und umarme ihn. »Was machen wir eigentlich an Silvester?«

»Keine Ahnung. Ausgehen ist viel zu teuer an einem solchen Abend. Und dann müssten wir jemanden suchen, der die Kinder hütet. Deine Schwester wird ja wohl keine Zeit haben.«

»Ich könnte sie fragen.«

»Die hat bestimmt was Besseres vor.«

»Vielleicht. Ist auch egal. Wir brauchen sie nicht.«

Ich schlüpfe in meinem Nachthemd, gehe zum Fenster und schließe den Rollladen. Die Straßenlaterne vor dem Haus stört.

Im Bett kuschele ich mich an Herbert. »Ich koch uns was Schönes an Silvester. Auf was hättest du denn Lust?«

»Du machst das schon. Schlaf gut.« Er dreht sich zur Seite. Seine Schnarchtöne füllen bald den Raum.

Ich liege noch eine Weile mit verschränkten Armen da und denke an das Menü, mit dem ich Herbert am Silvesterabend verwöhnen will.

Vorfreude auf die Fasnacht

Ich hadere. Mit der Zeit, die mir zwischen den Fingern zerrinnt. Mit der Situation. Noch sechs Wochen, dann bin ich arbeitslos. Die Dame auf dem Arbeitsamt hat nichts für mich gefunden. Sie hat mich ganz oben auf die Liste der Überqualifizierten gesetzt. Ob das nützt? Keine Ahnung.

»Sie müssen natürlich nicht warten, können auch selber etwas tun.« Streng hat sie mich angeschaut.

Etwas tun. Klar tue ich etwas. Das Internet ist voll von Stellenangeboten in meinem Metier. Jung, jung, jung, das sind die Schlagzeilen, die mir entgegenblinken, wenn ich auf die einschlägigen Seiten klicke. Ich bin nicht mehr jung. Jedenfalls nicht so jung, wie das in den Stellenbeschreibungen gewünscht wird.

Einen Lichtblick in meinem düsteren Leben gibt es. Mischa und die Fasnacht.

Die Elfenkostüme sind fertig. Was haben wir gelacht, als wir zur Anprobe bei der Schneiderin antraben mussten. Rosa und hellblaues Organza. Flügel, so breit wie das Imbergässlein. Die Tambouren mit ihren Waldgeisterkostümen und den Baumästen am Rücken stehen den Elfen in nichts nach. Der Rudi als alter Baum hat den Vogel abgeschossen. Er ist von Natur aus schon nicht klein, aber mit dem ausladenden Baumstammkostüm, die Schultern so breit wie unsere Elfenflügel ... ich sehe unseren Zug im Geist bereits in den engen Basler Altstadtgassen.

Heute treffen wir uns im Larvenatelier zum letzten Anpassen. Auch so ein kleiner Lichtblick in meinem im Moment düsteren Leben. Ich bin zehn Minuten zu früh. Eintreten verboten, steht an der Tür. Fröhliches Gelächter dringt nach draußen. Eine andere Clique ist beim Anpassen ihrer Larven. Ein ungeschriebenes Gesetz untersagt, dass die Larven, das Kostüm und das Sujet vor dem Cortège offengelegt werden.

Langsam tröpfeln meine Fasnachtsmitstreiter herbei. Wir sind aufs Höchste gespannt.

Die Tür öffnet sich. Die Clique drängt schwatzend mit fröhlichen Gesichtern nach draußen, wir drängen erwartungsvoll nach drinnen. Markus Vonderweide begrüßt jeden von uns mit Handschlag. Sein weißer Baumwollmantel ist voller Farbspritzer. Es riecht nach Terpentin, Leim und Farbe. Auf den Gestellen an den Wänden liegen sie, die Köpfe. Mit hohlen Augen, langen Nasen und aufgerissenen Mündern. Einige bemalt, einige noch im weißen Urzustand und einige fix und fertig mit Perücke.

Markus schiebt einen fahrbaren Tisch in die Mitte des Raumes und hält einen weißen Kopf nach oben.

»Zuerst die Piccolos«, ruft er. Ich bin an der Reihe. Er setzt mir die Larve auf den Kopf.

»Sitzt sie gut? Drückt sie nirgends?«

Ich schüttle den Kopf.

Dann muss ich das Piccolo an den Mund nehmen, damit er die Öffnung markieren kann. Als Nächstes kommen die Augen an die Reihe. »Lauf mal ein paar Schritte«, befiehlt er.

Ich drehe mich und laufe auf und ab.

»Kannst du gut sehen und drückt es wirklich nirgends?«

Ich nicke wieder.

»Gut.« Er nimmt die Larve vom Kopf. »Du bist das erste Mal dabei?«

»Als Piccolospielerin, ja. Vorher war ich im Vortrab.«

»Vortrab ist was anderes als Laufen und gleichzeitig auf dem Piccolo spielen. Jedenfalls jetzt schon toi, toi, toi. Wenn du die Larve zu Hause hast, probiere sie aus. Falls sie doch drücken sollte, komm her, dann mache ich den Helm im Kopf etwas weiter. Sie darf nirgends drücken, sonst bekommst du Kopfschmerzen.«

»Ja, mach ich. Vielen Dank.«

Der ist aber fürsorglich. Ich zupfe meine Haare zurecht.

Nachdem alle ihre Kostüme und Zubehör probiert haben, stehen wir wieder draußen auf dem Gehsteig.

Rudi unterbricht unser aufgeregtes Geschnatter. »Wir gehen noch in den ›Braunen Mutz‹, wer kommt mit?«

Alle stimmen jubelnd zu, auch ich, obwohl mir nicht so sehr nach Feiern zumute ist. Eigentlich möchte ich mich am liebsten zurückziehen, mit mir allein sein.

Mischa legt den Arm um meine Schultern. »Bist du traurig, Sarah?«

Ich schüttle den Kopf.

»Du hast aber so geschaut.«

»Nein, nein, alles ist gut«, erwidere ich.

Gemeinsam laufen wir die Gasse hinunter in Richtung Barfüsserplatz.

Im ›Braunen Mutz‹ ist die Hölle los, die Luft zum Schneiden. Klar, Freitagabend und kurz vor der Fasnacht, da wimmelt es in der Stadt nur so von aufgeregten Fasnächtlern, die alle dem großen Moment, dem Morgestraich entgegenfiebern, der Auftakt der Fasnacht am Montag um vier Uhr früh ist.

Der Mutz-Wirt, so wird er von den Baslern liebevoll genannt, organisiert drei Tische für uns. Rudi und Mischa bestellen an der Bar Bier, Weißwein und die so berühmten kleinen Käsekuchen. Es duftet nach Käse, nach Bier, nach Schweiß. Ich beiße herzhaft in einen Käsekuchen hinein. Meine erste Mahlzeit seit gestern Abend, und auch die war nicht üppig. Mein Hunger hält sich seit der Kündigung in Grenzen.

Mischa hat sich neben mich gesetzt. »Du bist in letzter Zeit so anders.«

»Ich bin wie immer. Hab halt viel zu tun«, schwindle ich.

»Na dann, prost, auf die Fasnacht. Die drei einzigen Tage, an denen der Basler normal ist.«

»Wie meinst du das jetzt?«

Er lacht, schiebt sich ein Stück Käsekuchen in den Mund und spült mit einem Schluck Bier nach. »Noch nie gehört? Das ganze Jahr laufen sie griesgrämig mit ernsten Gesichtern umher. Sind zurückhaltend, verschlossen. Aber an Fasnacht, da geht die Post ab. Sie umarmen wildfremde Menschen, machen ihre Späße, lachen, sind aufgeschlossen.«

»So ist mir das noch nie aufgefallen.« Ich hebe die Schultern. »Nun, ich bin auch eine Baslerin. Hier geboren. Hier aufgewachsen. Hier zur Schule gegangen. Nur mein Studium habe ich in Zürich gemacht.«

Mischa lacht. Seine Zähne blitzen. »Dann sollten wir unbedingt mal zusammen nach Paris fahren. Tolle Stadt. Tolle Leute. Tolle Museen.«

»Mal sehen. Zuerst kommt die Fasnacht.« Ich nehme einen Schluck Wein. Und danach? Danach bin ich ohne Arbeit, klasse. Abrupt stehe ich auf. »Ich muss jetzt nach Hause. Wohne ja schließlich etwas weiter weg.«

»Ich begleite dich zum Auto.« Mischa will auch aufstehen.

Ich drücke ihn wieder auf den Stuhl zurück. »Du bleibst. Die Straßenbahnen fahren noch. Also kein Problem.« Erleichtert greife ich nach meiner Jacke. Ich habe heute keine Lust auf seine Begleitung, will allein sein mit meinen Gedanken. Allein mit mir. Ich will mich allein auf die drei schönsten Tage im Jahr freuen. Einfach nur allein sein.

Die drei schönsten Tage

Sonntagabend. Dünne Schneeflocken wirbeln durch die Luft. Ich steige in die Ente, hauche in meine kalten Finger und starte den Motor. Wie immer ruckelt und zuckelt sie zuerst einmal. Verflucht, mach jetzt keinen Mist, ich muss nach Basel. So als hätte sie mich verstanden, geht das Ruckeln in ein zufriedenes Schnurren über. Die Schneeflocken werden dichter, bleiben am Boden liegen. Ich liebe den Schnee, der gehört zum Winter, doch jetzt hätte er nicht unbedingt kommen müssen.

Die Suche nach einem Parkplatz ist heute besonders mühsam, aber nach fünfundzwanzig Minuten werde ich fündig. Glück muss der Mensch haben, nicht weit vom Treffpunkt der Clique finde ich einen freien Platz. Es steht zwar auf einer Tafel ›Parken nur für zehn Minuten erlaubt‹, aber das stört mich nicht. Heute wird die Polizei ein Auge zudrücken, denn heute ist der Abend vor dem großen dreitägigen Ereignis. Die drei einzigen Tage im Jahr, an dem die Basler normal sind. Hat Mischa gesagt. Ich grinse.

Hastig eile ich den Spalenberg hinunter. Ich bin nicht allein und trotzdem liegt eine gespenstische Stille über der Stadt. Eine Stille, die mir einen Schauer über den Rücken jagt, obwohl ich dick eingepackt bin.

Vor dem Hotel Basel steht meine Clique bereits vollständig versammelt. Unsere Laterne – jede Clique hat eine – ist nicht sehr groß, aber vier Träger braucht es trotzdem, um sie durch die Straßen zu tragen. Ein weißes Tuch bedeckt sie. Das Sujet wird erst am Morgestraich gelüftet.

»Seid ihr bereit?«, fragt Rudi. Wir nicken. »Dann Abmarsch.« Er gibt den Trägern ein Zeichen. Sie heben die Laterne auf die Schultern und die Piccolospieler stellen sich hinter die Laterne.

»Ihr wisst, was ihr pfeifen müsst.«

»Klar«, murmle ich und setze das Piccolo an.

»Vorwärts Marsch«, ruft Rudi. Die Tambouren sind heute zum Nichtstun verdammt und laufen hinter uns her. Nicht umsonst heißt es ›Laterne einpfeifen‹.

Langsam setzen wir uns in Bewegung. Aus allen Gassen strömen Cliquen und kleine Gruppierungen in Richtung Marktplatz und die Freie Straße. Bald sind die Gassen von jubilierenden Piccolotönen erfüllt.

Das erste Mal, dass ich dieses stolze Gefühl in mir spüre, ich darf mit dabei sein.

Nach einer Stunde kehren wir zu unserem Cliquenkeller zurück. Mein Rücken schmerzt. Das langsame Laufen bin ich als Büromensch nicht gewöhnt.

»Bis morgen«, sagt Rudi. Die innere Spannung steht ihm ins Gesicht geschrieben.

Bis morgen. Leuchtende Augen. Herzklopfen. Vorfreude.

Es hat aufgehört zu schneien. Die Luft ist kalt. Ein eisiger Wind fegt durch die Straßen. Die Heimfahrt wird rutschig. Vorsichtig fahre ich über die teilweise vereisten Straßen. Der Streudienst wird viel zu tun haben heute Nacht.

Daheim mache ich mir eine heiße Schokolade. Sie wärmt und dämpft meine Aufregung, trotzdem wälze ich mich unruhig im Bett hin und her. Die Piccolotöne hallen immer noch in meinen Ohren. Irgendwann döse ich aber doch weg.

Montagmorgen, kurz vor zwei Uhr. Mit einem Satz bin ich aus dem Bett, eile zum Fenster. Es ist sternenklar. Es schneit nicht, das ist gut. Den Kaffee lass ich heute aus. Brauche ihn nicht. Bin wach, wie schon lange nicht mehr.

Hastig schlüpfe ich in das Morgestraichkostüm. Kontrolliere das Licht der Kopflaterne auf meinem Hexenlarvengesicht. Es blinkt. Alles gut.

Die Ente zickt mal wieder beim Starten. Aber nach ein paar Minuten fügt sie sich. Die Straßen sind eisfrei. Der Streudienst hat gut gearbeitet.

Die Fahrt in die Stadt geht zügig. Ich lasse meine Ente vor der Villa stehen, in der ich arbeite, und laufe Richtung Innenstadt. Der Fußmarsch tut mir gut. Trotz des kalten Windes friere ich nicht. Ich trage ja etliche Kleiderschichten unter meinem Kostüm. Lange wollene Leggins. Ein wollenes Unterhemd, das ich mir extra für die Fasnacht gekauft habe. Einen dicken Pullover. Eine Daunenweste. Wahrscheinlich sehe ich aus wie eine wandelnde Wurst, aber das ist mir egal. Wenn ich die anderen Kostümierten betrachte, die wie ich ebenfalls in die Stadt eilen, viel schlanker schauen die auch nicht aus.

An der Basler Fasnacht zieht man sich an, nicht aus, hat mir mal ein gestandener Fasnächtler erklärt.

Stimmt. Es kommen nun drei Tage und drei Nächte auf mich zu, an denen ich mein Bett kaum sehen werde.

Die Innenstadt ist bereits voll von Menschen. Schaulustige, die am Straßenrand stehen und Aktive, die zu ihren Cliquen eilen. Der Duft von Mehlsuppe, Käsekuchen und Zwiebelkuchen liegt über der Stadt.

Der Spalenberg hat eine ganz schöne Steigung. Das merke ich heute das erste Mal. Der lange Rock behindert meine ausholenden Schritte deutlich. Ich hebe ihn etwas hoch, um schneller voranzukommen.

Endlich bin ich vor dem Cliquenkeller angelangt. Küsschen. Kleine Freudenschreie. Lachen. Glänzende Augen.

Ich schaue mich um. Mischa ist noch nicht hier und es ist bereits fünf Minuten vor vier. Gleich darauf sehe ich ihn, wie er mit langen Schritten angerannt kommt. Die Trommel baumelt über der Schulter, schlägt auf und ab. Die Trommelstöcke in der einen Hand, die Harlekinlarve in der anderen.

Schnaufen, Husten. »Ich hab verschlafen.«

»Jetzt bist du ja da«, sagt Rudi lakonisch und klopft

ihm auf die Schulter. »Zwei Minuten noch. Laterne hochnehmen«, ruft er den Laternenträger zu.

Ich stelle mich in die Reihe, setze meine Larve auf und blase kurz ins Piccolo. Der Ton kommt sofort.

Eine nahe Kirchenuhr schlägt die Stunde, vier Mal. Die Lichter erlöschen. Die Lampen in den Laternen flackern auf. Ein Raunen geht durch die Zuschauer.

»Morgestraich, vorwärts marsch.« Es ist Rudi, der Tambourmajor.

Unser Zug setzt sich langsam in Bewegung. Das Imbergässlein hinunter bis zum Hotel Basel, weiter in die Hutgasse und dann rechts in die Gerbergasse bis zum Barfüsserplatz. Nach einer Stunde haben wir es geschafft. Es ist fünf Uhr früh, als wir beim ›Braunen Mutz‹ ankommen. Eine ganze Stunde! Für diese Strecke brauche ich in normalen Kleidern und ohne Larve genau fünfzehn Minuten. Aber heute ist ja nichts normal.

Wir drängen, zusammen mit vielen anderen, in die Beiz. Drinnen wogt es. Schwappt es über. Reißt mit. Mehlsuppe, Käsekuchen und Zwiebelwähe duften um die Wette. Normalerweise würde ich so was nie morgens um fünf Uhr essen. Aber heute ist ja kein normaler Tag.

Der Wirt komplimentiert uns an den reservierten Tisch. Die Luft ist wieder zum Schneiden. Ich schlüpfe aus dem Oberteil von meinem Kostüm, ziehe den dicken Pullover über den Kopf. Fünf Minuten später hat jeder von uns einen dampfenden Teller Mehlsuppe vor sich.

Hungrig wie ein Bär esse ich die Suppe.

»Seid ihr aufgewärmt?«, fragt Rudi. »Wenn ihr mögt, laufen wir noch mal eine kleine Runde, bringen die Laterne zurück und dann geht's nach Hause. Wer jetzt schon gehen möchte, das ist auch okay.«

Keiner geht. Alle möchten erneut im ersten Fasnachtsrausch versinken.

Es dämmert, als ich mit Mischa zum Marktplatz hinunter laufe. Die ersten Straßenbahnen versuchen, die Fasnächtler und die Schaulustigen mit lautem Gebimmel von den Schienen zu vertreiben.

»Hast du das Nachmittagskostüm bei dir?« Mischa hängt sich bei mir ein.

»Weshalb?«, frage ich.

»Du hättest bei mir eine Runde schlafen können.«

»Ich brauch jetzt eine Dusche.«

»Ich besitz auch so was Ähnliches«, er lacht.

»Es ist nicht so weit und die Straßen sind nicht gefroren. Aber danke für dein Angebot.«

»Soll ich dich zum Auto begleiten?«

»Nee, lass mal. Ich fahr mit der Straßenbahn. Da kommt sie schon. Tschüss.« Ich nehme den Hexenrock hoch und renne. Gerade noch geschafft.

Montagnachmittag. Eine kalte Sonne scheint, als ich wieder in die Stadt zurückfahre. Cortège! Sechs Stunden laufen. Mit Pausen dazwischen, trotzdem wird das sicher anstrengend. Die Märsche beherrsche ich, bis auf ein paar, bei denen ich noch Mühe habe mitzuhalten, weil es Passagen darin gibt, die schnell sind. Da muss ich mich anstrengen, dass ich nicht aus dem Rhythmus falle. Es ist das erste Mal, dass ich mit Kostüm und Larve laufe, davor habe ich ein wenig Bammel. Zum Glück sind die Elfenflügel leicht. Da haben es die Tambouren schwerer mit ihren Baumkostümen.

Ich parke das Auto wieder vor dem Büro. Die Straßenbahn bringt mich zum Äschenplatz, danach ist Schluss, den Rest muss ich zu Fuß gehen. Ist komisch, im hellblau-rosa Organza durch die Straßen zu laufen, die Flügel wippen bei jedem Schritt.

Punkt vierzehn Uhr reiht sich unsere Clique in den Cortège ein. Schleppend geht es vorwärts. Immer wieder stockt der Zug und ich habe Zeit, die Zuschauer am Straßenrand zu betrachten. Unter ihnen entdecke ich Bruno, allein und verloren steht er da. Ich winke. Natürlich erkennt er mich nicht, winkt aber zurück. Er schaut ernst, so gar nicht fröhlich. Fällt ihm der Abschied von Basel so schwer? In Zürich hat er doch Gelegenheit, sein Leben noch mal neu zu organisieren.

Wir laufen weiter. Immer weiter. Ich werde sicherer mit dem Laufen und den Märschen. Vor der Wettsteinbrücke gibt es den ersten Halt.

Rudi zaubert ein paar Flaschen Weißwein und Becher aus dem Bauch der Laterne. »Stärkt euch. Nun kommt der schwerste Teil der Route.«

»Warum?«, frage ich.

»Die Brücke ist die Hölle. Der Wind, der jeden Ton wegfegt. Da kannst du blasen, so viel du willst, du hörst dich und deine Mitspieler nicht mehr, bist ganz allein auf dich gestellt.«

»Wird schon.« Ich lache und nehme den Becher dankend entgegen.

»Prost, Sarah.« Es ist Mischa. »Läuft es?«

»Wie verrückt. Echt. Hätte ich nicht gedacht, nachdem …«, erschrocken breche ich ab.

»Was?«

»Ach nichts. Nichts Wichtiges.«

»Es geht weiter«, ruft Rudi. »Bringen wir die Brücke hinter uns.«

Sie erweist sich wirklich als heimtückisch. So wie Rudi es vorausgesagt hat. Ein eisiger Wind, der jeden Ton davonträgt. Meine Elfenflügel blähen sich, meine Backen auch.

Als wir auf der anderen Seite beim Kunstmuseum ankommen, habe ich mir die Lunge aus dem Leib gepfiffen und bin am Ende. Meine Augen tränen, mein Mund ist trocken, die Zunge klebt am Gaumen. Aber nicht nur mir geht es so. Auch die anderen atmen auf, als Rudi eine weitere Pause verordnet.

»Bald haben wir es geschafft.« Mischa legt mir den Arm um die Schultern. »Nach dem Abendessen geht es dir wieder besser. Und dann machen wir zwei eine Runde die Freie Straße hinunter. Machst du mit?«

»Dürfen wir das denn?«

Mischa lacht. »Ich denke schon, wir sind ja schließlich nicht beim Militär. Ein bisschen Freiheit muss sein.«

Endlich Montagabend. Das Essen im Cliquenkeller lässt mich den schmerzenden Rücken, die geschwollenen Füße und die Kälte, die trotz warmer Unterwäsche in mich hineingekrochen ist, vergessen. Rudi hat großartig für unser leibliches Wohl gesorgt.

Gemüsesuppe, kalter Braten mit Kartoffelsalat. Zum Nachtisch Vanille- und Schokoladenpudding. Die Stimmung wird immer ausgelassener. Worte fliegen wie Bälle hin und her.

Nach einer Weile zieht mich Mischa von der Bank hoch. »Gehen wir.« Ich nicke. »Sarah und ich machen eine Runde. Wann geht es weiter?«

»Nicht vor einundzwanzig Uhr.«

»Bis dahin sind wir zurück.«

Ich schlüpfe in mein Elfenkostüm, schnappe Larve und Piccolo und stapfe nach draußen.

Auf der Gasse ist es in der Zwischenzeit nicht ruhiger geworden. Ich sehe kleine Gruppierungen, die entrückt ihre Märsche spielen. Schaulustige, die sie begleiten.

Ein paar Waggis treiben ihr Unwesen. Ihre Holzschuhe klappern beim Auf-und-Ab-Hüpfen. Als Kind habe ich mich vor dieser traditionellen Baseler Fasnachtsfigur, dem Waggis, gefürchtet. Die so Kostümierten, in den Farben blau-weiß-rot der französischen Trikolore, treiben mit den Zuschauern gerne Schabernack. Der Waggis intrigiert, spottet, provoziert und reißt Witze.

»Zuerst der ›Arabi‹ und danach ›die Alten‹, bist du sattelfest mit diesen Märschen?«

»Ja, auf jeden Fall.« Ich setze die Larve auf. Jetzt sitzen sie, die beiden Märsche. Wie lange habe ich gebraucht, bis ich die schnellen Passagen beherrschte. Wie oft bin ich dabei über meine eigenen Finger gestolpert und wie oft habe ich die hohen Töne nicht sauber getroffen oder konnte sie nicht halten, weil meine Lungen vorher schlapp machten. Doch jetzt sitzen sie und ich bin stolz, dass ich es geschafft habe. Ich könnte heute locker bei jeder Militärmusik mitspielen.

»Jetzt!« Mischa schlägt einen Trommelwirbel. Ich stelle mich neben ihn und wir laufen langsam los. Wieder in Richtung Hotel Basel, dann rechts zum Rümmelinsplatz.

Und plötzlich ist es in mir. Das unbeschreibliche Gefühl, von dem mir schon etliche Male erzählt wurde. Ich bin eine andere Person. Ich schwebe. Höre nur noch die Trommel neben mir und meine eigenen Töne. Meine Finger fliegen über das Piccolo. Es jubiliert. Die Töne verschmelzen mit den Trommelwirbeln von Mischa.

Auf dem Marktplatz hält er an, zieht die Larve vom Kopf und steckt die Trommelstöcke in die Halterung. »Wir sollten zurück zu den anderen.«

»Schade«, murmle ich, nehme die Larve vom Kopf und schmiege mich kurz an ihn. »Das war so schön.«

»Ja, wunderschön.« Er streicht mir über die Haare.

Drei Uhr morgens. Ich steige in meine Ente und fahre vorsichtig nach Hause. Noch zwei Tage. Dann ist alles vorbei.

Donnerstag, vier Uhr früh. Endstreich! Ende!

Wir verabschieden unsere Laterne mit dem ›Arabi‹. Umkreisen sie ein letztes Mal. Traurigkeit.

»In einem Jahr wieder«, rufen wir.

Ein letztes Glas Weißwein. Umarmungen. Küsschen. Ich halte meine Larve in der einen Hand, wische die Tränen mit der anderen weg. Tränen, dass es vorbei ist. Tränen, dass es so schön, so einmalig war. Tränen, wie es jetzt weitergehen soll.

»Du schläfst bei mir.« Mischa legt den Arm um meine Schulter. »Das ist ein Befehl. Ich lass dich so nicht nach Hause fahren.«

Willenlos folge ich ihm. Drei Tage und drei Nächte kaum Schlaf. Ein Rücken, der sich wie gebrochen anfühlt. Beine, die kaum mehr einen Schritt laufen können.

In der Wohnung klappt Mischa das Sofa aus, bezieht es mit einem Laken, legt ein Kissen und eine Decke hin und gibt mir einen von seinen Schlafanzügen.

Kaum liege ich, falle ich in einen komaähnlichen Schlaf. Aus der Ferne höre ich jubilierende Piccolotöne, begleitet von Trommelwirbeln.

Abschied nehmen tut weh

Evelyne reicht Häppchen und schenkt Orangensaft ein. Die Stimmung ist gedrückt. Meine jedenfalls.

Die Kollegen klopfen mir auf die Schulter. »Du wirst es schaffen, Sarah. Du hast was drauf«, versucht mich einer nach dem anderen aufzuheitern.

Bruno flüstert mir zu: »Nimm's nicht so schwer. Zürich ist nicht alles.«

Ich trinke einen Schluck Saft. Schweige. Die haben gut reden. Ich bin raus. Keinen Job. Keinen in Aussicht. Ab nächster Woche muss ich stempeln. Weder meine Eltern noch Emma noch meine Freunde wissen davon. Freunde in Mengen habe ich eh nicht, hatte nie Zeit, Freundschaften zu pflegen.

Mutter würde wohl ausufernd ihren Senf dazugeben. Ungefähr so: »Ich hab immer gesagt, dass EDV kein Beruf für eine Frau ist«, oder, »such dir endlich einen Mann. Eine Frau kann das Leben nicht allein meistern.«

Vater würde nicht viel dazu sagen, so wie immer, und Emma würde schadenfroh lächeln. Gedankenverloren nehme ich ein Häppchen von der Servierplatte, schiebe es in den Mund.

Emma, meine Schwester. Wie können Schwestern nur so unterschiedlich sein? Ich, die Dickköpfige, sie, die

Angepasste. Schon immer war das so. Emma ist im sicheren Hafen der Ehe angekommen, wie Mutter es sich wünschte. Hat einen braven und unglaublich langweiligen Mann und zwei Kinder. Ich bin in keinem Hafen angekommen, wollte das nie – okay, einmal mit Robert damals – seither nicht mehr. Will das niemals wieder erleben. Ich brauche keinen Mann. Jedenfalls keinen, mit dem ich Bett und Tisch teilen muss.

»Noch einen Saft?« Evelyne steht vor mir.

Ich schüttle den Kopf. Hätte jetzt lieber einen Wein, aber bestimmt nicht von ihr, lächle sie an. Ja, das kann ich, lächeln, auch wenn mir nicht danach ist. Ich mustere sie diskret, während sie zu jemand anderem hinstöckelt. Evelyne … weshalb hat sie mir gekündigt? Weil ich so viel mehr weiß als sie? Aus Angst, ich würde ihr den Job streitig machen? Wahrscheinlich. Frauen können missgünstig sein. Aber warum hat sich der Oberboss nicht für mich eingesetzt? Das werde ich wohl nie erfahren.

Ich streiche eine Strähne aus dem Gesicht, stehe auf und stelle das leere Glas auf den Tisch. »Ich muss, habe noch etwas zu erledigen.«

»Ach, bleib doch«, ruft Bruno. »Wir haben beschlossen, zusammen in die Pizzeria nebenan zu gehen.«

»Nein, leider. Ich muss die Kinder meiner Schwester hüten.« Das ist zwar gelogen, aber was soll's. Ich lächle schräg.

»Dann schönen Abend.« Evelyne scheint froh zu sein, dass ich nicht mitkomme. Sie mag mich wirklich nicht.

»Hast du deinen Büroplatz schon geräumt?«

»Morgen mach ich das.«

»Okay. Dann wünsche ich dir jetzt schon alles Gute, ich bin morgen in Zürich.« Sie reicht mir die Hand. Der Händedruck ist schlaff.

»Ich bin hier, wenn du kommst, Sarah.« Es ist Bruno. »Wir werden einen Kaffee zusammen trinken.«

Ich nicke. Kämpfe mit den aufsteigenden Tränen. Schnell wende ich mich ab, winke den anderen zu, nehme meine Jacke vom Haken und fliehe. Nur weg von hier.

Auf der Heimfahrt spüre ich Sturzbäche über meine Wangen laufen. Ein paar Minuten muss ich an den Straßenrand fahren, weil ich blind vor Tränen bin, warten, bis der Strom abklingt. Nie hätte ich gedacht, dass mir der Abschied von der Firma so nahegehen würde. Mir, der selbstbewussten, der selbstständigen Frau. Der Frau, die mit beiden Beinen im Leben steht. Ich wische den Rotz mit dem Jackenärmel von der Nase und gebe Gas. Ich will nach Hause. Will mich vergraben.

Als ich die Tür aufschließe und mich die Stille empfängt, fange ich wieder an zu heulen. Was ist nur los mit mir? Ich bin doch sonst auch nicht so nahe am Wasser gebaut.

Tränenüberströmt schleiche ich in die Küche. Ich brauch jetzt was Starkes. Im Küchenschrank finde ich einen Schnaps und betrachte die Flasche. Ein Mitbringsel von irgendjemandem, der mich mal besucht hat. Auf dem Etikett ist etwas von Hand geschrieben. In krakliger Schrift, die ich nicht entziffern kann. Egal! Ich gieße das kleine Wasserglas mit der durchsichtigen Flüssigkeit halbvoll, schnuppere daran. Muss echt stark sein. Einen Schluck, das Glas ist leer. Ich huste. Der Schnaps brennt im Hals, bevor er sich mit einer wohligen Wärme in meinem Körper verteilt.

Noch einen? Ich nicke. Ja, noch einen.

Nach dem zweiten Glas fühle ich in der Brust keine Schmerzen mehr. Schalte überall das Licht aus und stolpere die Treppe hinauf. Im Schlafzimmer falle ich in den Kleidern aufs Bett.

Ein Windstoß, der an einem Fensterladen rüttelt, weckt mich auf.

Zehn Uhr! Mist, der Schnaps hat mir offenbar den Rest gegeben! Ich setze mich auf. Müsste schon längst im Büro sein. Da durchfährt es mich, ich muss ja gar nicht hingehen. Bin freigestellt. Nur mein Pult darf ich heute leerräumen. Bruno wartet auf mich. Hat er jedenfalls gesagt.

Hastig springe ich unter die Dusche. Das kalte Wasser macht meinen dicken Kopf etwas weniger dick.

Draußen weht mir ein kalter Wind entgegen. Zum Glück startet heute die Ente, ohne zu mucken.

»Braves Tier«, murmle ich und gebe Gas.

Bruno sitzt an seinem Pult, als ich eintrete.

»Auch schon hier«, er schmunzelt.

»Habe verschlafen.«

»Schon okay. Räum deine Sachen ein«, er schiebt mir einen braunen Karton hin, »danach trinken wir einen Kaffee zusammen.«

Ich bin schnell fertig damit. Habe eh nie viel Privates mit in die Firma geschleppt.

Auf dem kleinen Tisch beim Kaffeeautomaten steht ein Teller mit Süßgebäck.

Bruno füllt zwei Becher mit Kaffee. »Setz dich.« Er schiebt mir den Teller hin. »Bedien dich. Schaust aus, als ob du seit Tagen nichts mehr gefrühstückt hast.«

»Nur heute nicht.« Ich nehme eines von diesen kleinen Knusperchen.

»Du bis so dünn geworden, Sarah.«

»Die Fasnacht, die hängt sich an.«

»Die ist aber seit einer Woche vorbei«, kontert er.

Was soll das jetzt! Ich trinke einen Schluck Kaffee.

»Wir würden gut zusammenpassen.« Bruno grinst. »Stell dir vor, zwei EDV-Analytiker. Wir würden jeden Kuss analysieren.«

Mir fällt die Kinnlade herunter und das Knusperchen aus der Hand. Ich schaue ihn an. War das jetzt ein Witz? Nein, der meint es ernst. Wie er so neben mir auf dem Hocker sitzt und mich mit seinen blauen Augen ansieht.

»Ich weiß, du bist eine Emanze«, fährt er fort, »das hat mich noch nie gestört, im Gegensatz zu einigen anderen.«

»Du gehst doch jetzt nach Zürich«, stottere ich.

»Nun, Zürich liegt nicht am anderen Ende der Welt. Ich habe übrigens noch keine Wohnung dort gefunden. Die sind alle sauteuer. Also pendle ich. Vorerst einmal.«

Ich ziehe meinen Pulloverärmel über die rechte Hand. Das tu ich immer, wenn ich verlegen werde. Keine Ahnung weshalb. Meine Macke eben.

»Musst deine Hand nicht verstecken, Sarah«, höre ich ihn sagen. »Die macht dich nicht hässlich.«

Ich fühle, wie eine hektische Röte in mein Gesicht steigt. Kann der Gedanken lesen?

»Weshalb machst du eigentlich nicht dein eigenes Ding? Du bist eine tolle Analytikerin. Ich denke, dass du dich in kurzer Zeit vor Aufträgen nicht mehr retten kannst.«

»Das ist mir finanziell zu unsicher und ich bin gerne auf der sicheren Seite. Ich bin nicht sehr risikofreudig.«

»Hm, kann ich jetzt nicht verstehen. Aber das musst du wissen. Noch 'nen Kaffee?«

Verwirrt schüttle ich den Kopf. Ich sollte gehen und bleibe auf dem Stuhl sitzen. Mustere ihn, so, als sähe ich ihn heute zum ersten Mal. Sein Gesicht, seine Augen, die immer etwas traurig schauen. Die markante Nase und der Mund, mit dem kleinen Zug nach unten. Nicht verbissen, das nicht. Irgendwie traurig wie seine Augen.

Mischa kommt mir in den Sinn. Das pure Gegenteil. Wenn Mutter mir jetzt in den Kopf sehen könnte, sie hätte ihre helle Freude. Sarah studiert zwischen zwei Männern herum.

›Endlich‹ würde sie sagen und in die Hände klatschen.

»Bruno, ich muss jetzt wirklich.« Ich stehe auf. »Ich wünsche dir in Zürich viel Erfolg. Du bist auch ein verdammt guter Analyst.« Ich strecke ihm die Hand entgegen.

»Ich weiß, dass ich gut bin, Sarah.« Er stellt den Kaffeebecher auf den Tisch, macht einen Schritt auf mich zu und nimmt mich in den Arm. »Du bist es aber auch, verdammt gut.«

Behutsam löse ich mich aus der Umarmung. »Wir treffen uns sicher irgendwann wieder, Bruno.«

Ich nehme meine Jacke von der Stuhllehne, hebe den Karton vom Boden auf und gehe, nein, renne hinaus. Vor der Eingangstür bleibe ich kurz stehen, lausche. Alles bleibt still. Bruno ist mir nicht gefolgt. Ich setze den Karton auf die Rückbank der Ente und mich hinters Steuer. In meinem Kopf läuft ein Film ab. Ein Film, den ich bis heute erfolgreich verdrängt habe.

Mein Studium, der erste Sex. Robert. Der Mann, mit dem ich mir wirklich eine Beziehung ersehnt hatte. Er war Pilot bei der Swissair. Auf einer wilden Party in einer Hütte außerhalb von Basel lernten wir uns kennen. Es wurde gekifft, der Alkohol floss. In seinem schicken Auto hat er mich entjungfert. Es tat weh, trotzdem verliebte ich mich unsterblich in ihn. Er hat mich zur Frau gemacht. Meine Kommilitoninnen hatten das schon lange hinter sich. Ich himmelte ihn an. So ganz anders als die gestelzten Studienkollegen war er, und er brachte mir eine Welt näher, die ich nur aus Magazinen kannte. Er war witzig, aufmerksam und zärtlich und versprach mir den Himmel auf Erden. Wir trafen uns immer öfters, aber immer in irgendwelchen Hotels. Mit der Zeit wurde ich misstrauisch. Weshalb nahm er mich nie mit in seine Wohnung? Weshalb immer nur in Hotels? Wenn ich ihn danach fragte, hatte er Ausflüchte, von wegen ›nicht aufgeräumt‹. Eines Tages sah ich ihn in der Freien Straße, engumschlungen mit einer schönen Frau. Die Frau war tausendmal schöner als ich und hatte wahrscheinlich auch keine vernarbte Hand.

Ich hatte eh immer Probleme mit meinem Aussehen. Meine Größe von einem Meter siebzig, schlaksig, meine Haarfarbe, die keine ist. Diese Mängel versuchte ich durch Intelligenz wettzumachen und das brachte mir den Namen Streberin ein.

War mir aber egal. Robert war der erste Mann, der mir sagte, dass ich hübsch sei. Ich glaubte ihm, genoss es, diese schmeichelhaften Worte zu hören. Und nun spazierte er durch die Straßen, mit einer wunderschönen, eleganten Frau am Arm. Gelogen hatte er, nur, damit er mit mir vögeln konnte, dazu war ich gut genug. Zum Vögeln braucht man nicht hübsch sein. Mein Gott, ich war jung, romantisch, und er der erste Mann in meinem Leben. Ich heulte tagelang, brachte keinen Bissen runter, schloss mich ein und wartete auf seinen Anruf.

Als wir uns dann trafen, stellte ich ihn zur Rede. Ja, er

sei verheiratet, aber seine Frau sei frigid, schon lange. Eine Scheidung käme aus finanziellen Gründen nicht in Frage. Außerdem würde sie seine außerehelichen Liebschaften tolerieren. Das Wort ›Liebschaften‹ ließ mich aufhorchen. Ich war also nicht die Einzige, mit der er herummachte. Ich gab ihm den Laufpass und schwor mir, nie wieder eine Beziehung.

Nie wieder verschenke ich mein Herz an einen Kerl. Nie wieder möchte ich so verletzt werden. One-Night-Stands, ja, mehr nicht.

Ich hebe den Kopf, schaue zum Fenster hoch. Von Bruno keine Spur. Mit zitternden Händen stecke ich den Zündschlüssel ins Schloss, starte und gebe Gas. Nur weg von hier. Vergessen. Ad acta legen.

Ein neuer Job

»Wir hätten da was für Sie.« Die Dame von der Arbeitsvermittlung schiebt die Brille hoch und legt die Unterlagen auf den Schreibtisch. »Allerdings nicht in der EDV. Ich sagte Ihnen ja bereits, dass momentan der Markt mit jungen Leuten überschwemmt wird.«

»Was ist es denn?«

»Nun, es wäre in einer kleineren Produktionsfirma. Die suchen händeringend jemanden für die Digitalisierung des Archivs. Also eine Person, die fit ist, mit dem Computer zu arbeiten.«

Ich lache kurz auf. »Muss ich?«

»Sie wissen, wenn Sie es nicht annehmen, können wir Ihnen die Arbeitslosenunterstützung kürzen. Ich würde es mir also gut überlegen. Wenn Sie möchten, können Sie sich heute noch bei der Firma melden.« Sie kritzelt etwas auf ein Post-it. »Hier, die Telefonnummer.«

Ich nehme den Zettel und schau kurz drauf. »Danke, ich werde mich dort melden. Ich bin aber immer noch nicht bereit, jede von Ihnen angebotene Arbeit anzunehmen. Auch wenn ich für Sie im Moment nicht vermittelbar bin, nur weil zu gut qualifiziert.«

»Wie Sie meinen. Das ist ganz allein Ihre Entscheidung.«

»Sie bekommen Bescheid von mir.« Ich nehme meine Jacke und Tasche und verlasse den ungemütlichen Raum.

Draußen nehme ich das Handy und tippe die Nummer ein. Es dauert, bis sich jemand meldet. Eine Frauenstimme, sie tönt ziemlich gestresst. Ich bringe mein Anliegen vor. Ich solle morgen früh um neun Uhr vorbeikommen, damit ich mir ansehen könne, um was genau es sich handle. Als ich sie nach der Adresse frage, erklärt sie, ich könne die Firma, die etwas außerhalb von Bubendorf liege, nicht verfehlen. Ein Klick, die Verbindung ist weg.

Zu Hause google ich die Firma. ›Produktion von Sanitäranlagen‹. Weiter unten auf der Homepage gibt es ein paar Fotos von Toiletten, Handwaschbecken, Duschen und einem Mann, der in der Produktion irgendetwas zusammenschraubt. Nicht sehr aufschlussreich. Nun ja, eine Homepage verlangt Pflege und ich weiß, dass so etwas immer ziemlich aufwändig ist, vor allem, wenn es nebenher gemacht wird. Mal abwarten. Vielleicht ist es gar nicht so schlecht.

Ich schnappe mir die Tageszeitung und blättere darin. Nichts Aufregendes. Das Übliche wie jeden Tag. Gelangweilt knabbere ich ein paar Chips.

Seit vier Wochen bin ich nun ohne Arbeit. Die erste Woche habe ich noch genossen. Bis in die Puppen Streamingvideos geguckt. Am anderen Tag bis in die

Puppen ausgeschlafen. Den Tag mit Nichtstun vertrödelt, um am Abend wieder von vorne anzufangen. Nach einer Woche hatte ich genug davon. Die Videos ödeten mich ebenso an wie das Nichtstun. Und ich war so ausgeschlafen wie in meinem Leben noch nie.

Die zweite Woche war mit Arbeitssuche ausgefüllt. Aber es war wie zuvor. Gesucht wurden junge EDV-Leute. Billige aufgrund der Jugend, mit ganz, ganz viel Erfahrung.

Ich hätte viel Erfahrung anzubieten, aber ich bin zu alt und vor allem zu teuer. Das ›alt‹ regt mich immer noch auf. Knapp vierzig und schon altes Eisen.

Ich erhitze eine Tasse Milch in der Mikrowelle und rühre einen Löffel Kakaopulver hinein. Kakao nährt, habe ich irgendwo mal gelesen, und ich habe keine Lust zum Kochen. Mit dem dampfenden Getränk lümmle ich mich in Omas Sessel und starre auf die Collage an der Wand.

Meine Eltern wissen noch nichts von meiner Arbeitslosigkeit. Warum auch. Ich bekäme von Mutter wieder die ewige Leier an den Kopf geworfen von wegen Heiraten und so. Und sie würde mir einmal mehr Emma und ihre glückliche Ehe vor Augen halten. Obwohl ich gar nicht sicher bin, dass Emmas Ehe so glücklich ist. Eher langweilig. Und Vater würde überhaupt nichts sagen. Wie immer. Er hat, glaube ich, genug mit sich selbst zu tun. Sein Job war nicht gerade die Erfüllung in seinem Leben. Finanzstatistiken. Es schüttelt mich. Statistiken!

Falls ich den Job annehme, der mir angeboten wurde, werde ich ebenso wenig erfüllt sein wie er.

Verdammt! Sollten die mich wollen, dann muss ich wohl.

Ich nehme einen Schluck Kakao. »Ich will das nicht«, schrei ich die Wand an, »nein!« Ich will in meinem Job arbeiten. Ich lass mich nicht einfach in eine Ecke schieben. Prost Evelyne. Das hast du prima eingefädelt. Das mit dem ›ganz oben sein‹ wird's wohl nicht mehr.

Die Produktionsfirma in Bubendorf ist wirklich nicht zu übersehen. Ein grauer Klotz, Beton rundum, umgeben von einem hohen Gitter. Ich fahre auf den Besucherparkplatz und steige aus.

Tief einatmen, Sarah. Ich straffe die Schultern.

An der Tür mit dem Schild ›Direktion‹ klopfe ich. Als sich nichts rührt, etwas energischer.

Eine ältere, gut proportionierte Dame öffnet. Schaut mich prüfend durch ihre dicken Brillengläser an. »Sie wünschen?«

Ich strecke ihr die Hand entgegen. »Sarah Vogt. Ich habe gestern telefoniert.«

»Ach ja.« Ihr Blick ist immer noch prüfend. »Herr Kellenberger erwartet Sie. Treten Sie ein.«

Das Büro von Herrn Kellenberger ist eher eine Besenkammer. Winzig. Ein Pult aus dem vorigen Jahrhundert, vollgepackt mit Ordnern. Ein altertümlicher Bürostuhl, wahrscheinlich aus demselben Jahrhundert wie das Pult.

Der Chef passt genau in diese Umgebung. Die gestrickte Weste, die über dem Bauch spannt. Die Hose mit den Hosenträgern, der oberste Knopf am Bund offen, weil der Bauch nicht in die Hose passt. Die schütteren Haare, die auf dem abgeschabten Hemdkragen aufstehen.

Ich muss mir echt ein Schmunzeln verkneifen, einen solchen Vorgesetzten hatte ich noch nie. Aber einmal ist immer das erste Mal.

Er steht auf und streckt mir seine fleischige Hand zum Gruß hin. »Freut mich, Frau Vogt, dass Sie zu uns gefunden haben. Setzen Sie sich doch bitte.« Hektisch nimmt er von dem zweiten Stuhl einen Stoß Ordner, legt ihn woanders hin.

Ich wische den Staub weg und setze mich.

»Die Dame von der Arbeitsvermittlung hat Ihnen sicher schon etwas über die Arbeit gesagt, die hier zu machen wäre?« Er starrt dabei auf meine Hand.

Ich nicke und ziehe verlegen den Pulloverärmel über die Brandnarben.

»Okay. Sie müssten unser Archiv digitalisieren.«

»Wie viele Jahre in etwa? Und was wird bei Ihnen denn alles so produziert?«

»Ach, ich denke, so zwanzig Jahre. Wir produzieren Sanitäranlagen. Steht alles auf unserer Homepage.« Er schaut in meine Unterlagen. »Wie ich sehe, ist Computerarbeit kein Fremdwort für Sie.«

Nur schwer kann ich mir das Lachen verkneifen. »Computerarbeit war mein tägliches Brot.«

»Ach so! Was haben Sie denn gemacht?«

»Ich bin EDV-Analytikerin.«

»Ja dann.« Er reibt sich die Hände, »dann habe ich keine Bedenken. Könnten Sie nächste Woche bei uns anfangen? Soweit ich weiß, sind Sie bereits frei verfügbar.«

Ich schlucke. Der Stein auf meiner Brust wird schwerer. Aber ich muss wohl, wenn ich nicht plötzlich ohne Einkommen dastehen will. Ich nicke.

Kellenberger reibt sich erneut die Hände. »Ihre Arbeit würde morgens um acht beginnen und bis sechzehn Uhr dauern. Eine Stunde Mittagspause. Wir haben einen Pausenraum, da können Sie sich etwas aufwärmen. Sie wären zum Monatslohn angestellt. Probezeit drei Monate, für beide Seiten. Ferien drei Wochen, im Juli.« Er schaut kurz auf die Unterlagen vor sich, »ja, drei Wochen. Der Monatslohn wäre dreitausendachthundert Schweizer Franken. Den Vertrag schicke ich Ihnen zu. Den können Sie zu Arbeitsbeginn unterschrieben mitbringen.«

Ich bleibe sitzen und starre auf die gestapelten Ordner.

»Haben Sie noch Fragen?«

»Nein, nein«, ich stehe auf und strecke ihm die Hand hin, »bis nächste Woche, Herr Kellenberger.«

Das war's, ich nehme meine Jacke vom Stuhl und verlasse das Büro.

So mies habe ich mich noch nie gefühlt. Studiert, um ein zwanzig Jahre altes Archiv zu digitalisieren. Toiletten,

Waschbecken, Badewannen und Duschköpfe! Da muss ich jetzt durch. Es wird wohl keine Ewigkeit dauern, bis ich etwas anderes gefunden habe. Es wäre doch gelacht, wenn es nicht einen anständigen Job für mich geben würde.

Zu Hause koche ich mir wieder mal einen Kakao. Nachdenklich sitze ich am Tisch und schlürfe das heiße Getränk. Denke dabei an Mischa. Seit dem Freitagvormittag, als ich bei ihm übernachtet habe, habe ich ihn nicht mehr gesehen. Das lag auch an mir. Ich hatte keine Lust, irgendjemanden zu treffen, nicht einmal Mischa.

Ich puste in den Kakao. Kleine Ringe bilden sich an der Oberfläche. Irgendwie war es eine komische Situation nach diesem Fasnachtsdonnerstag. Mischa hat mich am nächsten Tag, es war bereits gegen Mittag, mit Kaffee geweckt. Frische Brötchen mit Butter und Käse gab es auch. Im Bad habe ich weder eine zweite Zahnbürste noch etwas anderes, das einer Frau gehören könnte, entdeckt.

Ich streiche mir eine Haarsträhne aus dem Gesicht. Trinke meinen Kakao aus und lümmle mich vor den Fernseher. Netflix schauen. Das Einzige, wozu ich im Moment Lust habe.

Montagmorgen, sieben Uhr. Erster Arbeitstag im Sanitärerzeugungsbereich. Lange habe ich gezögert, bevor ich den Vertrag unterschrieben habe, Porzellanmuscheln zu zählen, wäre nicht gerade das Gelbe vom Ei, aber Kellenberger hat ja versprochen, dass es nur um EDV geht. Das werde ich schaffen.

Es ist kalt. Ausnahmsweise bockt die Ente mal nicht, als ich den Motor starte. So, als wüsste sie, dass heute ein wichtiger Tag für mich ist. Nach dreißig Minuten fahre ich auf den Parkplatz der Firma.

Im Büro von Herrn Kellenberger brennt Licht. Ich öffne die Eingangstür. Er kommt mir entgegen. »Willkommen, Frau Vogt.« Sein Händedruck ist immer noch lasch. »Kommen Sie bitte gleich mit mir. Ich möchte Ihnen die Lagerhalle zeigen.« Ein Blick auf meine Winterjacke. »Die lassen Sie besser an.«

Gemeinsam überqueren wir den Hof. In der Lagerhalle stehen die Kloschüsseln, die Duschwannen und alles, was ein Badezimmer verschönert, zur Auslieferung bereit.

»Hier sehen Sie die Artikel, die wir produzieren. Die Qualitätskontrolle wird durch den Produktionsleiter gemacht.«

Der Wind bläst durch die Fensterritzen, ich ziehe meine Jacke enger um mich.

»Wir haben die Bestandsaufnahme der produzierten Artikel in der Vergangenheit auf dem analogen Weg getätigt, und genau das alles muss jetzt digitalisiert werden.«

»Und wenn das erledigt ist?«

Herr Kellenberger zieht die Augenbrauen hoch. »Da Sie sich mit Computerarbeit auskennen, nun, wir müssten auch die Kundendaten digitalisieren. Bisher war das meine Arbeit, händisch«, er lächelt schräg, »aber das wäre jetzt Ihre Aufgabe.«

Wir laufen ins Hauptgebäude zurück.

Er zeigt mir den Aufenthaltsraum und meinen Arbeitsplatz. Der ist genau so beengt wie seine Besenkammer.

Ich schaue mich um. »Die Dame, die mir geöffnet hat, die arbeitet doch auch hier?«

»Frau Zweifel. Die kommt nur einmal die Woche, am Mittwoch. Sie ist für die Lohnabrechnungen zuständig.«

»Aha.« Was für ein komischer Laden. Der Chef und ich und eine Dame, die nur einmal in der Woche kommt.

»Die meisten unserer Angestellten sind in der Produktion, deshalb reichen zwei Personen für die Administration aus. Und nun können Sie gleich loslegen, gut?«

»Alles klar.«

»Die Ordner liegen auf dem Tisch dort.« Damit verschwindet er nach nebenan in seine Besenkammer.

Ich ziehe die Jacke aus und hole mir die ersten fünf Ordner. Sie müssen aus dem vorigen Jahrhundert sein, so verblasst sind die Deckel.

Wenn mich jetzt meine ehemaligen Kollegen sehen könnten, die würden einen Lachanfall bekommen. Mir ist eher nach Weinen zumute.

Mischa

Raoul und ich sitzen unter dem Apfelbaum, aus dem zaghaft grüne Blätter sprießen. Es ist ein milder Sonntag. Der erste richtige Frühlingstag.

Raoul hat sich vor einigen Jahren von Basel nach Ferret ins Elsass abgesetzt. Er ist mit seinen sechzig Jahren immer noch voller Energie und Strahlkraft. Mehr denn je, der Wegzug aus der Stadt hat ihn förmlich aufblühen lassen.

Er springt auf, »ich muss nach dem Strudel schauen, ob er auf den Punkt ist.«

Ich sehe ihm nach, wie er zum Haus geht, in einem elastischen Gang, an den der von Clint Eastwood nicht herankommt.

Vor Jahren lernten wir uns an der Kunstschule in Basel kennen. Raoul war mein Lehrer. Zu Beginn waren wir uns nicht so grün. Er war sehr streng und ich ein Revoluzzer. Aber nach und nach kamen wir uns näher, und ich habe eingesehen, dass ich mit meinem Aufbegehren nicht weiterkam. Mit der Zeit wurden wir enge Freunde. Raoul hat mich in der Entwicklung zum Designer begleitet. Ist mir immer wieder mit Rat und Tat zu Seite gestanden, auch als ich die Kunstschule schon lange beendet und meine ersten Lehrjahre in Paris absolviert habe.

»Ha, den habe ich tatsächlich zur rechten Zeit rausgeholt«, er lacht und stellt mit Eleganz das Tablett mit den Kristallgläsern und Tellern auf den Tisch. Dann läuft er noch mal los, bringt die Mehlspeise und den Wein. Ich frage gar nicht, ob ich behilflich sein soll, kenne ihn ja, er würde es ablehnen.

Raoul legt mir das erste Stück Strudel auf den Teller. Der Apfelstrudel ist noch lauwarm, der Riesling dazu schön gekühlt. Ich lehne mich zurück und blicke auf die Vogesen. Sie sind heute so nahe, dass man das Gefühl hat, sie fast mit den Händen greifen zu können.

»An was denkst du?« Raoul legt mir noch ein Stück Strudel auf den Teller, schenkt mir nach und prostet mir zu.

»Über die Einsamkeit im Alter«, gebe ich zur Antwort.

Raoul lacht. »Du hast Angst vor der Einsamkeit? Ich bin jetzt sechzig, lebe hier allein, aber einsam? Nein, das bin ich nicht.«

»Fehlt dir denn nichts hier? Ausstellungen, Konzerte, mal schnell in eine Bar zu gehen? Vor allem im Winter, allein, keine Nachbarn, mit denen du dich austauschen kannst?«

»Ich habe ja welche, nette sogar, die wohnen aber etwas weiter weg, doch ich kann jederzeit dorthin gehen, wenn ich das möchte. Auf Barbesuche habe ich keine Lust und in Konzerte oder Ausstellungen fahre ich nach Mulhouse und übernachte dort. Ich habe hier wirklich alles, was ich benötige. Ich liebe das Leben in der stillen

Natur. Aber das wirst du auch noch lernen.«

»Ich könnte nie so leben wie du. Ich brauche die quirlige Stadt. Das Ausgehen. Die Bars. Das Theater. Die Kunst. Ohne könnte ich nicht sein.«

Raoul stößt sein Glas behutsam an meines, das Kristall gibt einen feinen Ton von sich. »Das ist deiner Jugend zuzuschreiben, lieber Mischa, und das ist völlig okay. Aber weißt du, auch in der Stadt kann man einsam sein.«

»Schon möglich, trotzdem möchte ich nicht so leben wie du.«

Er lächelt und streicht mir über den Arm. »Lassen wir es doch einfach so, wie es ist. Du besuchst mich, wenn dir nach Landleben ist. Du weißt, dass du immer herzlich willkommen bist. Ansonsten genießt du die Stadt mit all den Möglichkeiten, die sie dir bietet.« Er steht auf und nimmt die leere Flasche in die Hand. »Du magst doch auch noch ein Glas?«

»Gerne, der Nachmittag ist noch jung.« Ich schaue ihm nach, wie er mit federndem Schritt ins Haus geht. Ein erstaunlicher Mann.

»Weißt du«, fahre ich fort, als Raoul mir wieder Wein nachschenkt, »ich habe ab und zu Angst vor dem Altwerden. Weniger wegen der Einsamkeit, nein, es ist das Krankwerden, das mich beschäftigt. Kranksein ist für mich Hilflosigkeit, ausgeliefert sein, nicht mehr selbstbestimmend sein.«

»Mischa, dieser Gedanke ist weit hergeholt. Erstens ist unsere heutige Medizin weit fortgeschritten, sodass fast jede Krankheit behandelbar ist, und zweitens bist du wirklich zu jung, um dir darüber Gedanken zu machen. Also, hör auf zu grübeln.«

Erst als die Sonne hinter den Hügeln verschwunden ist, gehen wir ins Haus zurück. Bis tief in die Nacht hinein plaudern wir. Danach falle ich leicht beschwipst ins Bett.

Zwitschernde Vögel wecken mich. Mein Kopf brummt. Der Wein und der Zwetschgenschnaps Quetsch hallen etwas nach. Ich springe unter die Dusche und höre Raoul in der Küche ein kleines Lied pfeifen. Kaffeeduft zieht in den oberen Stock hinauf und trotz leichten Kopfbrummens fühle ich mich gut.

Raoul begrüßt mich mit einem fröhlichen Lachen. »Gut geschlafen, Mischa?«

»Wie immer, wenn ich hier bin. Die Stille, einfach göttlich.«

»Siehst du, das Landleben hat doch was.«

Das frische selbstgebackene Bauernbrot, der Käse, die Landwurst und der starke Kaffee wecken meine Lebensgeister.

»Ich muss jetzt nach Basel zurück. Es war ein sehr schönes Wochenende. Vielen Dank für deine Gastfreundschaft.«

»Alles klar. Fahr vorsichtig.« Er klopft mir auf die Schulter. »Bring das nächste Mal diese Sarah mit, ich bin gespannt auf das Mädel.«

Wir umarmen uns. Ich setze mich ins Auto, lasse die

Scheibe hinunter. »Mach ich, wenn sie möchte.«

Ich lenke den Renault über die kurvenreichen Straßen in Richtung Basel. Kurz vor der Schweizergrenze Biel-Benken beschließe ich spontan, Sarah zu besuchen. Seit der Fasnacht habe ich sie nicht mehr gesehen. Sie ist schon eine ganz spezielle Frau. Hat Mathematik studiert, arbeitet als Analytikerin in der EDV. Auch heute werden solche Frauen von uns Männern immer noch mit Skepsis betrachtet.

›Von uns Männern‹! Ich lache auf, denn ich gehöre bestimmt nicht zu dieser Spezies.

Das Haus am Waldrand sehe ich schon von Weitem. Ganz allein steht es da. Wie ein Hexenhaus fährt es mir durch den Kopf. Langsam fahre ich den steinigen Weg hoch. Sarah kniet im Garten und buddelt in der Erde.

Ich steige aus, versuche, so leise wie möglich zu sein, und schleiche mich langsam an sie heran. »Buh!«

Sie quietscht auf, die Schaufel fällt ihr aus der Hand. »Meine Güte, musst du mich so erschrecken!«

»Entschuldigung, das wollte ich nicht.« Ich ziehe sie an den Händen hoch. Sie sind voller Erde und Sarah streicht sich damit eine Haarsträhne aus dem Gesicht. Ein kleiner Erdklumpen bleibt im Haar kleben. Sacht wische ich ihn weg. Mein Blick wandert über das umgegrabene Beet, über die Pflanzen, die darauf warten, gesetzt zu werden, und über den halbvollen Sack mit Pflanzendünger daneben.

»Möchtest du etwas trinken?«

»Ja, aber zuerst pflanzen wir diese … was sind das für Blumen?«

»Sommerblumen.« Sie betrachtet mich zweifelnd. »Magst du wirklich?«

»Ich kenne mich zwar nicht aus, bin kein Gärtner, aber komm, machen wir uns an die Arbeit. Ich war im Elsass und bin das Wochenende nur herumgehockt. Etwas Bewegung tut mir gut.«

Eine halbe Stunde arbeiten wir stumm Seite an Seite. Graben für jede Pflanze ein kleines Loch, setzen sie ein und bedecken die feinen Wurzeln zuerst mit Erde und danach mit dem Dünger. Sarah holt eine Gießkanne und wässert die Pflanzen.

»Fertig?«

»Ja, gehen wir hinein und trinken was.« Sarah steht auf und streckt den Rücken durch.

»Und das Unkraut dort hinten? Muss das nicht weg?«

»Das mache ich morgen. Ich habe jetzt ja mehr Zeit.«

»Zeit?« Ich bin erstaunt. Bisher war sie immer die Keine-Zeit-Frau wie das Kaninchen aus ›Alice im Wunderland‹.

Erst kürzlich hat sie mir am Telefon erzählt, dass ihre Arbeitsstunden meistens bis in die Nacht dauern und sie sehr oft auch noch zu Hause arbeitet. Sie weicht meinem Blick aus, weshalb wird sie jetzt so verlegen?

Ich folge ihr ins Haus.

Mit einer Handbewegung komplimentiert sie mich ins

Wohnzimmer und bedeutet mir, Platz zu nehmen.

»Tee, Kaffee, Mineralwasser oder ein Glas Wein?«

»Ist egal. Das, was du nimmst.«

»Dann Tee.« Sie lächelt schräg und verschwindet in der Küche. Nach zehn Minuten kommt sie zurück, in der Hand ein Tablett, darauf zwei feine Porzellantassen und eine ebensolche Teekanne.

»Tolles Porzellan hast du da.« Ich wundere mich, weil das so gar nicht zu ihr passt. Eher hätte ich etwas Rustikales erwartet, so wie sie sich gibt.

»Ja, geerbt von meiner Großmutter. Meine Mutter wollte das Service nicht haben und da habe ich mich halt geopfert.«

»Sag mal, weshalb bist du nicht zum Bummelsonntag gekommen?«, wechsle ich das Thema. »Wir haben dich vermisst.«

»Ich hatte keine Lust. Die Fasnacht ist für mich am Donnerstagmorgen vorbei. Die Sonntage danach arten doch meist in Besäufnisse aus. Nee, dazu hatte ich keine Lust.«

»Schade«, ich nehme einen Schluck Tee, »es war lustig und es war absolut kein Besäufnis.«

»Das nächste Mal vielleicht.« Sie lächelt mich an. »Du warst im Elsass? Beruflich?«

»Nein, bei einem Freund. Er war mein Lehrer an der Kunstschule, hat sich dann aber, ich glaube, es war kurz vor seiner offiziellen Pensionierung, nach Ferret abgesetzt.«

»Oh, schön.«

»Er hat dort ein Haus gekauft. In einem ziemlich desolaten Zustand und total einsam gelegen.«

»Scheint modern zu sein, sich ins Elsass abzusetzen. Ich mag sie auch, die Stille. Deshalb bin ich aus der Stadt weggezogen und fühle mich sehr wohl hier. Aber ins Elsass, nein, das käme für mich nicht in Frage.«

»Weshalb? Wenn ich das Leben auf dem Land lieben würde, zöge es mich auch ins Elsass. Aber ich bin ein Stadtmensch, werde es wohl immer bleiben. Paris, das wäre die Stadt meiner Träume. Die Kultur, Theater, die Bistros, einfach alles.«

Sarah stellt die leere Tasse auf den Tisch. »Paris! Es muss eine schöne Stadt sein, aber dort wohnen? Nein, eher nicht.« Abrupt steht sie auf und streicht mit der Hand über die Augen. »Ich habe noch etwas vergessen.«

Ich halte sie am Handgelenk zurück. »Was ist mit dir los, Sarah? Du bist so anders. Traurig irgendwie. Und abgenommen hast du auch.«

»Ich«, und nun füllen sich ihre Augen mit Tränen, »ich habe meinen Job verloren.«

»Seit wann?«

»Ich weiß es schon seit Dezember.« Mit dem Handrücken trocknet sie die feuchten Wangen. »Habe gesucht und nichts gefunden. Ich bin zu alt und zu teuer für den Markt.« Die Augen werden wieder nass.

»Du bist doch nicht zu alt. Wer sagt denn so was?«

»Die von der Arbeitsvermittlung.«

Erneut schluchzt sie auf.

»Weshalb hast du mir nichts gesagt? Ich kenne durch meinen Beruf viele Leute.«

»Das ist ganz allein meine Angelegenheit und ich hab ja auch was gefunden, nur nicht in meinem Job.«

»Und weiter?«, dränge ich.

»Ich möchte nicht darüber sprechen. Ich pack das schon. Es kam halt etwas unerwartet.«

Nun ist sie wieder ganz die selbstbewusste Frau.

»Alles klar«, ich stehe auf, »ich wollte dir nicht zu nahetreten. Aber falls du Hilfe brauchst, ich bin jederzeit für dich da. Denk daran, jederzeit«, wiederhole ich.

Sarah schaut mich an, ihre Augen schimmern noch feucht, sie nimmt die leeren Tassen und die Teekanne und verschwindet in die Küche. Ich folge ihr.

»Kopf hoch, Sarah. Du wirst was anderes finden, da bin ich sicher. Und manchmal sind solche Job-Abstecher gar nicht so schlecht. Jetzt kannst du ohne Druck weitersuchen, bis du das Richtige gefunden hast.«

Sie seufzt auf. »Vielleicht hast du ja recht, ich fühle mich aber trotzdem elend.«

»Sarah, ich bin immer für dich da. Versprichst du mir, mich anzurufen, wenn du Hilfe brauchst?«

Sie stellt die Tassen und die Teekanne auf den Tisch, dreht sich um, ihre blauen Augen schauen mich traurig an. Dann macht sie einen Schritt auf mich zu und legt den Kopf an meine Schulter: »Mach ich, versprochen.«

Ich hebe ihr Kinn an. Ihr Mund nähert sich meinem

Mund. Mit einem Ruck stoße ich sie von mir und verlasse eilig die Küche. Draußen atme ich tief durch, bevor ich ins Auto steige.

Mischa, du bist ein Arsch, weshalb hast du ihr nichts gesagt.

Vergilbte Dokumente und ein Coming-out

Die Autotür schlägt zu. Die Reifen knirschen auf den Schottersteinen. Stille.

Ich wasche die Tassen, schütte den übriggeblieben Tee in den Ausguss und den Rest Rotwein von gestern in ein Glas.

Gedankenverloren nehme ich einen kleinen Schluck. Dieser Mischa. Was sollte das eben? Irgendwie werde ich nicht schlau aus ihm. Zuvorkommend, charmant. Und dann das! Weshalb hat er mich zurückgestoßen? Ich stehe auf und laufe in den Korridor, betrachte mich im Spiegel. Klar, ein paar Falten habe ich. Bin sicher nicht mehr die Jüngste. Aber ich will ihn ja nicht heiraten. Gilt denn in dieser Welt nur noch jung, jung, jung etwas?

Und nun? Zu alt für einen tollen Job und zu alt für Sex? Ich gehe in die Küche zurück und trinke das Glas leer. Ich spüre die Tränen, die in mir aufsteigen und haue mit der Faust auf den Tisch. So fest, dass das Glas bedenklich zu wackeln beginnt. Ich bin noch nicht alt, verdammt nochmal! Und ich bin gut, hat Bruno schon gesagt. Und morgen muss ich wieder …! Mir schaudert es vor dem morgigen Tag. Vergilbte Dokumente einscannen. Verdammt!

Aufgewühlt laufe ich nach oben ins Schlafzimmer, wo mein Computer steht, fahre ihn hoch und logge mich ein. Es muss doch möglich sein, einen Job auf meinem Gebiet zu finden.

Ich rufe die gespeicherten Seiten auf. Scrolle mich durch die Angebote. Nichts! Doch schon, aber … ach, Scheiße. Immer noch das Gleiche, nur jung, jung, jung wird gesucht. Genervt fahre ich den Computer wieder herunter.

In der Küche öffne ich eine neue Flasche und schenke mir das Glas voll bis zum Rand.

Vielleicht lässt Mischa ja doch …? Ich verwerfe den Gedanken gleich wieder. So wie er sich heute verhalten hat, nein, ich werde ihn nicht fragen. Ich muss das ganz allein lösen. Auch wenn er es angeboten hat.

Ich sollte was essen. Nur Wein … ich schüttle den Kopf. Unschlüssig stehe ich vor dem Kühlschrank. Außer einer schon ziemlich alten Tomate, zwei Joghurts mit Ablaufdatum von vor drei Wochen und einem Käse, der bereits Schimmel angesetzt hat, herrscht gähnende Leere.

Klar, ich war wieder einmal zu faul zum Einkaufen am Samstag. Ich schmettere die Kühlschranktür zu, schnappe das Weinglas, gehe ins Wohnzimmer und fläze mich in den Ohrensessel. Ein Klick, Netflix flimmert auf der Mattscheibe. Ich zippe durch das Angebot. Liebesfilme, Krimis, Fantasy, Scifi, Horror. Ich entscheide mich für Horror. Das passt am besten zu meiner Stimmung. Nach dreißig Minuten drücke ich den Knopf. Habe schon bessere Horrorfilme gesehen. Oder liegt das vielleicht an meiner Stimmung? Keine Ahnung. Kann sein. Die ist nämlich beschissen.

Später wälze ich mich im Bett hin und her. Ich wollte es mal ohne Schlaftabletten versuchen. Es funktioniert nicht. Ich bin zu aufgewühlt. Im Badezimmer nehme ich die beiden letzten Tabletten aus der Packung.

Zurück im Bett finde ich nach einigen Minuten endlich die ersehnte Ruhe.

Der Frühling scheint bleiben zu wollen. Ein klarer Tag begrüßt mich. Mein Kopf ist noch etwas dumpf, zwei Schlaftabletten waren wohl eine zu viel, aber nach dem Kaffee, schwarz, ohne Zucker, wird es besser.

Zudem heben die zwitschernden Vögel, die noch kalte Luft meine Stimmung.

Auf dem Fabrik-Areal stehen nur die paar Autos von der Nachtschicht. Im Hauptgebäude ist alles dunkel.

Ich schließe die Tür auf. Miefige Luft empfängt mich. Nach der Lüftungsaktion ist es besser.

Der Computer ächzt, als ich ihn hochfahre. Der Ordner lacht mich hämisch an. Unlustig setze ich dort fort, wo ich aufgehört habe. Seite um Seite digitalisiere ich. Zwischendurch stehe ich immer mal wieder auf, strecke mich, fahre mir über die Augen. Es ist mühsam, ätzend und langweilig.

Herr Kellenberger ist in der Zwischenzeit auch eingetrudelt.

Er hängt, wie immer am frühen Morgen, am Telefon. Kundenpflege nennt er das. Als er mich sieht, winkt er mir fröhlich zu. Er ist ja ein netter Mensch, aber kein Vergleich zum Oberboss. Der hat seinen Laden gemanagt.

Kellenberger wirkt neben ihm wie ein gutmütiger Bernhardinerhund. Er ist viel zu nachgiebig. Lässt den Betrieb schleifen, das ist jedenfalls mein Gefühl. Denn nach den Unterlagen, die ich gesehen habe, den alten und auch den neuen, läuft das Geschäft nicht besonders gut.

Ich habe mal ein bisschen im Netz gestöbert. Kellenberger hat von seiner Familie viel Geld im Rücken. Wäre das nicht vorhanden, hätte er, den Zahlen nach, schon lange Insolvenz beantragen müssen.

Die Badewannen, die Waschbecken, Duschkabinen, Kloschüsseln und das übrige Zubehör sind wirklich vom Feinsten, für die obere Schicht gedacht. Wie viele Kunden er hat, das habe ich noch nicht herausgefunden. Da ist er eigen. Keinen Blick durfte ich bisher in seine Kundendatei werfen. Ist auch egal, solange ich meinen Lohn bekomme.

Kellenberger ist endlich fertig mit dem Telefonieren und kommt zu mir.

»Schönes Wochenende gehabt, Frau Vogt?« Seine fleischige Hand drückt meine.

»Ja«, antworte ich fröhlich. Er soll nicht sehen, dass meine Wochenenden meistens ziemlich öde sind.

Er schielt auf den Bildschirm. »Sie sind ja schon fleißig gewesen, alle Achtung, und das am Montagmorgen.«

»Morgenstund hat Gold im Mund«, ich lache. »Ich hole mir einen Kaffee aus dem Aufenthaltsraum, möchten Sie auch einen?«

»Das ist aber lieb, ja, gerne.«

Ich laufe die Stufen zur mittleren Ebene hinunter. Die Kaffeemaschine ist, wie alles oder fast alles hier, altertümlich. Kurz kommt mir der moderne Automat meiner vorherigen Arbeitsstelle in den Sinn und einen Augenblick bekomme ich Heimweh. Das Licht blinkt gelb, das Wasser ist aufgeheizt. Ich fülle den Kolben mit dem Kaffeepulver, stelle zwei Plastiktassen auf den Rost und lasse den Kaffee hineinlaufen. Anschließend stelle ich sie auf ein Holztablett, Zucker und eine Tüte Milch dazu, und balanciere das Tablett auf der Hand vorsichtig ins Büro zurück.

Entzückt schaut mich Kellenberger an. So ist er wahrscheinlich noch nie verwöhnt worden.

»Darf ich was fragen?«

»Nur zu.« Er versenkt drei Stück Zucker in die schwarze Brühe und rührt heftig mit dem Löffel.

»Wurde die Produktion heruntergefahren?«

»Nein, weshalb?«

»Die Halle schaut so leer aus.«

»Ach das! Nein, nein, es ist alles so wie immer.«

»Aha, dann mache ich mich mal weiter an die Arbeit.«

Die Stunden schleichen. Immer wieder schiele ich auf

die Uhr, es will und will nicht Feierabend werden.

Irgendwann ruft mich Kellenberger zu sich. »Könnten Sie vielleicht mal so zwischendurch … ich meine, damit Sie mal was anderes zu tun haben, es muss doch sehr anstrengend für Ihre Augen sein, immer nur auf den Bildschirm zu starren, die Ordner in der Ablage durchgehen und Ordnung hineinbringen? Nach Eingangsdatum. Es ist alles Kraut und Rüben im Moment.«

Ich nicke. Ich muss ja wohl, Boss ist Boss.

»Fangen Sie am besten gleich mit denen da an.« Er zeigt auf die Ablage, die sein Büro von meiner Nische trennt. »Die sind am dringendsten, danach können Sie die anderen in Angriff nehmen.«

»Soll ich sie gleich digitalisieren?«, frage ich scheinheilig.

»Um Gottes willen, nein. Es genügt, wenn die andere Arbeit digitalisiert wird, die Ablage habe ich gerne auf Papier. Wenn der Computer abstürzt, dann ist nichts mehr vorhanden.«

In letzter Sekunde kann ich verhindern, dass ich lospruste. »Die stürzen nicht so oft ab, wie behauptet wird. Aber wie Sie wollen.«

Ich öffne den ersten Ordner. Staub wirbelt mir entgegen.

Mein Gott, wie kann man nur, ich breite die einzelnen Blätter auf meinem Pult aus, sortiere sie nach Datum und hefte sie wieder ein. Bevor ich die Ordner zurückstelle, putze ich auch noch die Ablage.

Endlich ist Feierabend. Die Hälfte der Ordner habe ich geschafft. Den Rest werde ich auch noch schaffen. Morgen! Übermorgen! Bis Ende der Woche!

Auf der Heimfahrt kommt mir Mischa in den Sinn. Vielleicht sollte ich meinen Stolz ablegen und ihn einfach bitten, mir zu helfen. Denn lange werde ich es in dieser Fabrik nicht mehr aushalten, ohne durchzudrehen.

Freitagnachmittag. Ich habe wahrhaftig alle Ordner durchgearbeitet. Neu eingeheftet, neu beschriftet und zudem heimlich gleichzeitig eine Tabelle im Computer angelegt. Mir graut bereits vor nächster Woche. Aber jetzt werde ich erst einmal das Wochenende genießen. Genießen? Netflix gucken. Rumlümmeln.

Am Samstag um acht Uhr in der Früh hat mir Emma eine WhatsApp-Nachricht geschickt. Sie möchte mich wieder einmal sehen, ob wir uns heute am Nachmittag im Café Bachmann treffen können. Zuerst wollte ich absagen. Was soll ich in dem stinknoblen Café, wo nur die Upperclass von Basel zusammenkommt, habe dann aber doch zugesagt.

Verzweifelt versuche ich, mein Aussehen etwas aufzumöbeln. Make-up, Concealer, Rouge. Ich betrachte mich im Spiegel. Viel haben sie nicht geholfen, die Schönmacher.

Die letzte Nacht ohne Schlaftabletten war der blanke Horror. Um drei Uhr bin ich aufgestanden. Das Umherwälzen im Bett hat mich fast zum Wahnsinn gebracht. Ich muss heute unbedingt versuchen, in der Apotheke meine Schlaftabletten zu bekommen. Ohne Rezept! Ich werde den Apotheker bezirzen. Hoffentlich ist der junge da, den werde ich schon überzeugen können. Hoffentlich!

Und jetzt stehe ich vor dem Spiegel und versuche mein übernächtigtes Gesicht aufzumöbeln. Emma soll nicht sehen, dass es mir beschissen geht. »Haltung, Sarah, Haltung«, murmle ich dem Spiegel zu.

Endlich, geschafft. Nach einer weiteren Schicht Make-up und Rouge bin ich einigermaßen zufrieden mit meinem Aussehen. Noch schnell die Haare durchbürsten, dann kann es losgehen.

Ich fahre gleich ins Storchenparking, alles andere wäre nur nervenaufreibend an einem Samstagnachmittag. Das wird mich zwar ein kleines Vermögen kosten, auch egal.

Emma winkt mir aufgeregt zu, als ich das Café betrete.

Ich staune nicht schlecht. Auf ihrem Teller liegt das größte Stück Torte, das ich je gesehen habe. Es trieft nur so von Butterfett und Sahne.

Emma? Die immer gegen ihre Pfunde kämpft? Was ist denn mit der los!

»Setz dich. Magst auch ein Stück? Schmeckt herrlich.«

»Nein danke, für mich nur einen Kaffee.«

»Kännchen oder Tasse?«, fragt die Bedienung.

»Espresso, schwarz, bitte.«

»Kuchen?«

Ich schüttle den Kopf.

»Du bist dünn geworden, Sarah.« Emma schaut mich kritisch an. »Hast du so viel zu tun, dass du keine Zeit mehr zum Essen hast?«

»Nee, nee. Ich hab jetzt einfach keine Lust auf Kuchen … im Gegenteil zu dir.«

»Ich habe Neuigkeiten«, platzt sie heraus, »ich bin schwanger.«

»Du bist was?« Ich reiße die Augen auf.

»Schwanger!«

Daher die Kalorienbombe, alles klar. »Wolltest du das denn? Und Herbert?«

»Ja, wir haben uns das gewünscht.« Emma schiebt einen Bissen Torte in den Mund. »Ich wollte noch ein Kind. Ist das so falsch?«

»Nein, nein. Aber in deinem Alter. Eine Schwangerschaft könnte gefährlich werden. Jetzt bist du doch aus dem Gröbsten raus, hättest mehr Zeit für dich, aber wenn ihr euch das gewünscht habt.« Ich hebe die Schultern, lasse sie wieder fallen.

»Du kannst ja gar nicht mitreden, hast ja selber keine Kinder und wirst auch nie welche haben, denn dazu braucht es einen Mann«, wirft Emma mir an den Kopf und schiebt trotzig ein weiteres Stück Torte in den Mund.

»Heute braucht es für ein Kind nicht unbedingt einen Mann, das geht auch anders. Schon mal was von ›in vitro‹ gehört?«

»Du bist ja eklig. Aber so was von eklig und neidisch dazu.«

»Ich bin nicht neidisch, Gott bewahre, mir geht es gut und ich brauche auch keinen Mann.«

»Das glaube ich dir nicht. Jede Frau braucht einen Mann. Sagt Mutter auch.«

»Ja klar sagt sie das. Aber nicht alles, was sie sagt, ist richtig.« Ich denke dabei an Mutter, wie sie mir auch ohne Worte oft zu verstehen gab, ich sei schuld, dass sie eine so schwere Geburt hatte. An Vater, der statt meiner lieber einen Buben gehabt hätte. Ich trinke meinen Kaffee aus. Will aufstehen. Gehen.

Emma hält mich zurück. »Sei nicht bös, ich habe es nicht so gemeint.«

Ich schau sie an, wie sie vor mir sitzt. Ein drittes Kind! Auf das meine Mutter wegen mir verzichten musste.

»Kommst du noch mit in den Globus, der hat so schöne Babysachen. Herbert hat mir Geld gegeben, damit ich mir etwas kaufen kann, ich habe praktisch alles von Markus und Ruth verschenkt, weil ich dachte, ich brauche das nicht mehr.«

»Ja, eine Stunde habe ich noch Zeit, danach muss ich jemanden von der Fasnachtsclique besuchen.«

»Oh, super. Dann los.« Sie winkt der Bedienung.

In der Babyabteilung komme ich mir ziemlich deplatziert vor. Emmas Entzückensschreie machen mich verlegen. Ich verstehe das nicht, es ist doch ihr drittes Baby, also alles nicht mehr ganz so neu.

»Sag mal, in welchem Monat bist du denn?« Ich betrachte sie von der Seite. Sehen kann ich noch nichts, der lockere Mantel kaschiert ihre eh schon etwas mollige Figur.

»Im zweiten«, strahlt sie mich an. »Wir werden es den Eltern zu Ostern sagen. Du kommst doch auch?«

»Wie jedes Jahr«, es schaudert mir bereits jetzt, wenn ich daran denke. Glückliche Familie. Mutters Freudenschreie, wenn Emma von ihrer Schwangerschaft erzählt, und ihre fragenden Blicke zu mir.

Endlich hat sich meine Schwester entschieden. Drei Strampler mit den dazugehörenden Oberteilen liegen an der Kasse.

»Soll ich sie als Geschenk einpacken?«, fragt die Kassiererin.

»Nein, nicht notwendig. Das mach ich zu Hause.«

Wie jetzt? Weshalb sagt sie nicht, dass es für ihr eigenes Baby ist. Ich betrachte sie aus dem Augenwinkel. Schämt sie sich etwa? Nun, die jüngste Mutter ist sie mit ihren fast zweiundvierzig Jahren natürlich nicht mehr. Trotzdem, kein Grund, sich zu schämen!

Draußen verabschieden wir uns und ich muss hoch und heilig versprechen, dass ich Ostern bei den Eltern erscheinen werde. Ich schaue ihr nach, wie sie glücklich, die Einkaufstüte schwenkend, in Richtung Marktplatz verschwindet.

Mischa hat keine Kundschaft, als ich die Tür zur Boutique aufstoße. Er müht sich damit ab, einen dürren, knorrigen Zweig mit bunt bemalten ausgeblasenen Eiern zu dekorieren.

»Kannst mir helfen, Sarah, du bist ganz bestimmt geschickter mit diesen dünnwandigen Eiern als ich mit meinen Wurstfingern.«

Ich lache, schließe die Tür und hocke mich neben ihn auf den Boden. »Gib mal her.« Ich nehme eines der Eier und fädle den dünnen Faden durch das noch dünnere Loch. »Hast du die Löcher gemacht?«

»Ja, war schwierig, der Bruchschaden ist gewaltig«, er lacht, steht auf und geht nach hinten ins Atelier. »Magst einen Schluck Weißwein? Damit arbeitet es sich schneller.«

»Gerne, kommen denn keine Kunden mehr?«

Mischa schaut auf die Uhr. »Um diese Zeit wohl nicht mehr. Ich schließe den Laden.«

Er steht auf und dreht das Schild auf ›Geschlossen‹ um. Schweigend fädeln wir den Rest der Eier auf und schmücken den Zweig.

»Fertig.« Mischa betrachtet unser Werk. »Sieht hübsch aus, findest du nicht auch? Den Rest mache ich morgen.«

Ich stemme mich aus der unbequemen Stellung hoch.

Mischa mustert mich mit kritisch hochgezogener Augenbraue. »Du bist dünn geworden. Du bist doch nicht krank?«

»Nein, nein«, wehre ich ab.

»Ich habe im Moment nur nicht so großen Hunger. Die Arbeit … ödet mich an«, stoße ich hervor.

»Dann essen wir was zusammen. Macht mehr Spaß als allein. Im Stadtkeller haben sie gerade Spargelwoche, die ersten aus dem Elsass. Magst du Spargel?«

»Ja, sehr, aber …«

»Kein Aber.« Er streicht das Hemd glatt und holt die Lederjacke vom Haken.

Schweigend laufen wir den Rheinsprung hinunter und biegen links ab.

Die Wirtin vom Stadtkeller, eine quirlige und etwas pummelige Person, kommt mit ausgestreckten Händen auf Mischa zu. »Wie schön, dass Sie uns auch wieder einmal besuchen. Wir haben frischen Spargel im Angebot.«

»Deswegen sind wir hier, Helga. Wir haben großen Hunger. Gibt es noch Platz für uns?«

»Für Sie doch immer«, Helga lacht und betrachtet mich eindeutig neugierig.

Offensichtlich hat Mischa das auch bemerkt, er deutet auf mich. »Das ist Sarah, eine Kollegin aus der Clique. Wir haben zusammen einen Osterzweig geschmückt. Es soll nächste Woche auch in meiner Boutique etwas österlich werden.«

»Oh schön. Wenn ich, hm«, sie schaut an sich hinunter, »für meine Figur gibt es in Ihrer Boutique wohl nichts Passendes?«

»Auch für Ihre Figur finden Sie in meiner Boutique etwas. Kleider können angepasst werden. Kommen Sie doch einfach vorbei.«

Helga schaut Mischa zweifelnd an. »Werde ich mal machen.«

Sie eilt trotz ihrer Korpulenz behände vor uns her. »Ist es recht hier«? Sie zeigt auf einen Zweiertisch in einer Nische. »Hier sind Sie ungestört«, und wieder streift sie mich mit einem interessierten Blick.

»Hervorragend, danke.« Mischa verneigt sich leicht vor ihr. Ungewöhnlich, aber ganz Gentlemen, denke ich. Er rückt mir den Stuhl zurecht und fährt mit der Hand leicht über meine Schulter.

In der Fasnacht haben wir hier auch einen Halt eingelegt. Schulter an Schulter sind wir gestanden, haben einen Wein getrunken und den Büttenreden gelauscht, den ›Schnitzelbänken‹, bei denen in kurzen Versen oder Liedchen die Politik und die Gesellschaft auf die Schippe genommen werden. Fröhlichkeit, Unbekümmertheit. Mischas Atem, der meinen Hals gestreift hat. Mischas Hand auf meiner Schulter. Rudi, der mir zugezwinkert hat. Der letzte Schluck Wein, danach wieder hinaus in die Kälte. Die Larve auf den Kopf, das Piccolo an den Mund. Die ersten Töne nach der Pause, die nicht so richtig kommen wollten, aber nach einer Weile wieder das Abheben, das Nicht-mehr-man-selbst-Sein.

»Magst du auch einen Riesling?« Mischa reißt mich aus meinen Gedanken.

»Oh ja.«

Inzwischen kommt Helga mit zwei riesigen Platten an den Tisch zurück. Eine mit Spargeln und eine mit gemischtem Schinken. Wer soll das denn alles aufessen?

Mischa bestellt den Riesling.

»Kommt sofort«, sie platziert die beiden Platten in der Mitte des Tisches. »Lasst es euch schmecken«, und schon ist sie wieder weg, um Minuten später mit einer Flasche herrlich kühlem Riesling zurückzukommen.

Sorgfältig legt mir Mischa eine Portion Spargel auf den Teller, reicht mir die Mayonnaise und die Platte mit dem Schinken. Wir genießen eine Weile schweigend. Der zarte Spargel zergeht auf der Zunge, der nussige Schinken rundet den Geschmack ab und der Wein tut sein Übriges.

»Sarah«, Mischa legt das Besteck weg und nimmt meine Hand, streicht sanft über die Narben, »ich muss dir was sagen.«

Ich schaue erstaunt hoch. Was kommt denn jetzt? Eine Liebeserklärung? Dass er ohne mich nicht mehr leben kann?

»Sarah ... ich bin ... ich bin nicht so wie andere Männer ... ich bin schwul.«

Ich schaue ihn an. Nein, nicht entsetzt, ich bin da ziemlich cool eingestellt, habe überhaupt kein Problem damit, aber von ihm hätte ich das nicht gedacht. Gut, in seinem Badezimmer gibt es keine Frauenutensilien, aber das heißt nichts. Ich betrachte seine feingliedrigen Hände.

Frauenhände, irgendwie. Seine Liebe zu Schönem. Seinen Hang, Frauen zu verschönern. Vielleicht auch ein Indiz. Trotzdem, darauf wäre ich nicht gekommen.

»Das macht doch nichts.« Ich will ihm meine Hand entziehen. Er lässt sie nicht los. »Und jetzt?«, frage ich. »Macht das einen Unterschied in unserer Freundschaft?«

»Ich hoffe nicht. Ich hatte nur den Eindruck, dass du mehr von mir erwartest.« Er mustert mich, mir kommt vor, er ist nervös.

»Was denn?«

»Nun ja«, druckst er rum, »du bist eine Frau und ich …«

»Ja und?«, falle ich ihm ins Wort, »das Wichtigste in meinem Leben ist meine Unabhängigkeit, und dass ich mich niemandem beweisen muss.«

Ein erleichterter Seufzer. Ein kurzes Aufleuchten in seinen Augen. »Dann bin ich froh.« Erneut streicht er über meine Narben. »Lass uns auf unsere Freundschaft trinken«, er füllt die Gläser nach. Wir schauen uns in die Augen.

Ein bisschen verliebt bin ich schon in ihn. Er ist so anders als die Männer, die ich in der Vergangenheit kennengelernt habe. Okay, diese One-Night-Stands haben mir Spaß gemacht. Keine Verpflichtungen, kein Wiedersehen. Ich wollte das ja auch so. Man hat sich nach dieser einen Nacht getrennt. Ein Abschiedskuss, und alles war gut. Mit Mischa hätte ich mir mehr vorstellen können, mehr als nur eine Nacht … ich schaue ihn an, wie er gerade ein Stück Spargel in den Mund schiebt. Die Augen, die mir nach seinen Händen aufgefallen sind. Dann die Lippen, ich hätte sie gerne geküsst, damals im Übungslokal und kürzlich bei mir. Bin froh, dass er den Kuss nicht abgelehnt hat, weil er mich als Frau ablehnt. Er ist schwul, so what? Alles bestens.

Schweigend essen wir die restlichen Spargel. Beim Dessert muss ich passen. Auch Mischa schüttelt heftig den Kopf, als Helga uns danach fragt.

»Helga, es war alles wunderbar, aber einen Nachtisch bekommen wir nicht mehr hinunter. Das nächste Mal.«

»Du kannst bei mir übernachten«, sagt er, als wir aufbrechen. »Du hast mehr als ein Glas Wein getrunken, die Kontrollen am Samstagabend sind gefährlich.«

»Kein Problem, ich habe gegessen und kenne die Schleichwege, wo sich ganz sicher keine Polizei aufhält.«

»Dann begleite ich dich zum Auto. Wo steht es? Wieder im Wettsteinquartier?«

»Im Storchen, gleich um die Ecke. Du musst nicht mitkommen.«

»Keine Widerrede, ich begleite dich.«

Hand in Hand schlendern wir in Richtung Parkhaus. Vor dem Eingang nimmt mich Mischa in den Arm. »Es war ein schöner Abend mit dir.«

Einer der Jugendlichen, die an uns vorbeilaufen, ruft: »Muss Liebe schön sein.«

Ich schmunzle. Wenn die wüssten.

Ostern und ein Hoffnungsschimmer

Freitag vor Ostern. Karfreitag. Ich habe frei. Vier Tage frei. Vier Tage weder vergilbte Papiere in den Computer übertragen noch verstaubte Akten sortieren. Der Kündigungsbrief ist geschrieben. Morgen werde ich ihn zur Post bringen.

In der Küche fülle ich Wasser in den Kaffeemaschinentank und Pulver in die Filtertüte. Meine Espressomaschine ist vor ein paar Tagen ausgestiegen. Kein Unglück, der gefilterte Kaffee schmeckt mir eh besser. Im Pyjama stapfe ich in den Garten und betrachte mein gestriges Werk. Die Salatsetzlinge, die ich im Beet neben die Sommerblumen gesetzt habe, stehen noch. Keine Schnecke, die sich an ihnen vergriffen hat. Gut so. Ich habe Salat gepflanzt, wo ich gar keinen esse. Aber als ich die Setzlinge im Gartenmarkt gesehen habe, überkam es mich. Wahrscheinlich haben mich die Frühlingshormone dazu animiert. Die Küche ist von Kaffeeduft erfüllt, als ich ins Haus komme. Ich schenke mir eine Tasse ein und setze mich auf die Steintreppe des Eingangs. Genüsslich schlürfe ich das belebende Getränk.

Mischa war es, der mich überzeugen konnte, zu kündigen. Am Sonntag nach seinem Geständnis besuchte er mich. In der einen Hand hielt er eine Flasche Riesling, in der anderen einen Blumenstrauß. Wie gewohnt gammelte ich in ausgebeulten Trainingshosen und einem lottrigen Pullover im Großmuttersessel. Ein bisschen schämte ich mich, dass er mich in diesem Aufzug zu Gesicht bekam. Er, der so großen Wert aufs Äußere von Frauen legt. Aber schlussendlich war es mir egal.

Wir tranken Wein und aßen Häppchen, die ich auf die Schnelle zubereitet habe.

»Sarah«, sagte er plötzlich, »weshalb machst du dich nicht selbstständig? So wie ich verstanden habe, hast du ein großes Wissen von Dingen, von denen andere Leute keine Ahnung haben. Besonders für kleinere Firmen könntest du eine große Hilfe sein. Und du kannst das alles von zu Hause aus machen.«

Ich habe ihn mit großen Augen angeschaut.

»Zum Beispiel auch für mich.«

»Für dich? Was kann ich denn für dich analysieren?«

»Mir eine Internetverkaufsplattform anlegen. Ich habe keine Ahnung davon und überhaupt keinen Nerv, mich stundenlang damit zu beschäftigen.«

»Hm.«

»Überleg es dir, Sarah, ich meine es total ernst.«

Gestern bin ich dann ins kalte Wasser gesprungen und habe die Kündigung geschrieben. Gerungen mit mir habe ich schon, aber dann meine Angst überwunden. Meine Angst, plötzlich ohne Einkommen dazustehen. Meine

Angst, irgendwo um Geld betteln zu müssen. Im Alter arm zu sein.

Spare in der Zeit, so hast du in der Not. Das war der Leitspruch meiner Eltern.

Geld wurde bei uns nie leichtsinnig ausgegeben. Besonders Mutter drehte jeden Franken dreimal um, bevor sie ihn ausgab.

Vielleicht habe ich deshalb eine panische Angst vor der Altersarmut. Vielleicht auch, weil die Politik diese Angstmache immer wieder verbreitet.

Mir war bald klar, dass ich diese Armut nur mit einem guten Job umschiffen kann, und den bekommt man nur, indem man Karriere macht. Mit meinem Studium und dem brillanten Abschluss sah ich diese Möglichkeit in greifbarer Nähe. Den Job in der kleinen EDV-Bude sah ich als Sprungbrett nach oben. Es wäre mir gelungen, wenn meine Vorgesetzte Evelyne nicht blockiert hätte, und die Bude nicht an einen amerikanischen Konzern verkauft worden wäre.

Einen ersten Auftrag habe ich bereits in der Tasche. Ich soll Mischas Homepage auf Vordermann bringen. Ist jetzt nicht unbedingt das, was ich anbieten werde, aber ein erster Schritt in die Selbstständigkeit. Selbstständigkeit! An das Wort muss ich mich noch gewöhnen.

Hole mir einen zweiten Kaffee. Ich werde ein Konzept schreiben, einen Businessplan erstellen, Adressen von kleineren Firmen suchen und mir überlegen, wie ich vorgehen soll.

Doch zuerst kommen die Osterfeiertage und das obligatorische Familienfest bei meinen Eltern. Ich habe Mischa gefragt, ober er mitkommen will.

Nach kurzem Zögern hat er zugesagt. »Macht das deinen Eltern keine Mühe?«

»Ich stelle sie vor vollendete Tatsachen«, sagte ich, »aber ich bin sicher, meine Eltern würden sich freuen.«

Kaum war er weg, habe ich mit Mutter telefoniert, und natürlich war sie Feuer und Flamme.

›Sarah kommt endlich mit einem Mann daher‹. Hat sie nicht gesagt, aber ich kann mir vorstellen, dass sie so dachte.

Dass er schwul ist, habe ich für mich behalten.

Ich habe einen schwulen Freund. Nachdenklich nippe ich am Kaffee. Fühlt sich nicht schlecht an. Ob er einen festen Freund hat? Dieser Raoul im Elsass? Nun, irgendwann werde ich es erfahren.

Der Ostersonntag macht seinem Namen alle Ehre. Ein azurblauer Himmel ohne eine klitzekleine Wolke. Mücken, die im Sonnenlicht tanzen. Eine Amsel, die ein Liebeslied zwitschert. Voller Freude, Mischa wiederzusehen, hüpfe ich unter die Dusche. Anschließend stehe ich unschlüssig vor dem Kleiderschrank. Was ziehe ich denn an? Kleid, High Heels oder lieber Jeans, T-Shirt und Turnschuhe? Einerseits will ich nicht als überkandidelte Tussi antanzen, andererseits sind Jeans und T-Shirt vielleicht doch etwas zu salopp.

Diesmal ist es nicht Mutter, die mich in Zweifel stürzt, dieses Mal ist es Mischa. Ich kenne ihn nun noch nicht so gut, aber ich möchte mich hübsch machen.

Für ihn?, fragt eine innere Stimme.

»Ja, für wen denn sonst«, murmle ich.

Nützt doch eh nichts, kichert sie.

Am Ende ist es ein Kleid, blau, unifarben, eine legere Lederjacke und weiße Sneakers. Ich betrachte mich im Spiegel und bin ganz zufrieden. Sorgfältig verpacke ich die Schokoladenhasen für Emmas Kinder in einer Papiertüte. Es kann losgehen.

Mischa wartet bereits, als ich auf den Parkplatz hinter dem Bahnhof fahre. Schnieke sieht er aus mit seinen Jeans, dem weißen Hemd und der lässigen Jacke. Auch er trägt Sneakers. In der Hand hält er einen bunten Frühlingsblumenstrauß. Tulpen, Freesien, Rosen und weißer Flieder. Wow!

Galant hilft er mir aus dem Auto und küsst mich zur Begrüßung auf die Stirn. »Du siehst hübsch aus.« Er hakt mich unter, nicht ohne mir vorher leicht über den Rücken zu streichen.

Ein wohliger Schauer durchfährt mich. Wie schade, dass er schwul ist. Arm in Arm laufen wir durch die Straße. Wie ein Liebespaar.

Mutter reißt die Augen auf, als wir vor der Tür stehen, und als Mischa ihr den Blumenstrauß überreicht, errötet sie doch wahrhaftig wie ein Backfisch.

Sie komplimentiert uns ins Wohnzimmer. Der Tisch ist österlich gedeckt. Schokoladeneier, kleine Vasen mit Schlüsselblumen. Aus der Küche strömt ein herrlicher Duft von gebratenem Lamm. Vater und Herbert sitzen in ein Gespräch vertieft am Fenster und Emma höre ich in der Küche werkeln. Wieder einmal. Ach ja, heute werden Emma und Herbert ihr drittes Baby ankünden.

Ich bin gespannt auf die Reaktion der Eltern.

»Mein Freund«, stelle ich Vater und Herbert Mischa vor.

Vater steht auf, betrachtet ihn und reicht ihm die Hand. »Sehr erfreut und willkommen in unserer Familie.«

Herbert kneift die Augen zusammen und beäugt ihn unverhohlen. Mischa scheint die Probe bestanden zu haben. Auch mein Schwager streckt ihm die Hand hin.

»Setzen Sie sich«, Vater lächelt aufmunternd.

Mischa setzt sich hin und lächelt höflich zurück.

»Darf ich fragen, was Sie machen?«

»Aber sicher. Ich bin Modedesigner und habe eine Boutique am Rheinsprung.«

Herbert fällt die Kinnlade runter. »Mode für Frauen?«, stößt er hervor.

»Ja, ich kleide Frauen ein.«

Im letzten Moment kann ich ein Kichern unterdrücken. Herberts Gesicht ist ein einziges Fragezeichen.

In diesem Moment weht Emma aus der Küche herein. In der Hand balanciert sie ein Tablett mit fünf Champagnergläsern. »Der Champagner kommt auch gleich.«

Sie verteilt die Gläser auf dem Tisch und eilt Mutter entgegen, die in der einen Hand die Vase mit Mischas Blumen hält und in der anderen den Champagner.

Mischa springt auf und nimmt ihr die Flasche aus der Hand: »Darf ich?«

Und wieder errötet Mutter wie ein junges Mädchen.

Ich lache in mich hinein. Mischa und meine Mutter! Wenn sie wüsste. Geschickt öffnet er die Flasche, schenkt ein und überreicht galant die Gläser.

»Willkommen bei uns, Mischa, und frohe Ostern. Ich darf doch Mischa zu Ihnen sagen?« Mutter strahlt ihn an.

»Ja sicher und noch vielen Dank für die Einladung. Ich freue mich, dass ich Ostern mit Ihnen und Ihrer Familie verbringen darf.« Er prostet Mutter zu.

Wie charmant er das alles macht, mit dem Blumenstrauß und seiner Galanterie hat er Mutter um den Finger gewickelt.

Aus dem Augenwinkel beobachte ich Emma. Sie kann ihren Blick nicht von Mischa lösen. Er sieht aber auch zu gut aus. Wahrscheinlich wundert sie sich, dass ein solcher Mann bei mir angebissen hat. Mir kommt das Gespräch in den Sinn, das sie und ich kürzlich im Café Bachmann führten, und erneut schmunzle ich.

Ein verlegenes Schweigen breitet sich aus. Wir nippen an unserem Champagner, knabbern an den gesalzenen Erdnüssen.

Die hereinstürmenden Kinder von Emma lösen die Stille auf. Mutter erinnert sich an ihre Gastgeberpflichten.

Sie verschwindet in der Küche. Kurze Zeit später kommt sie mit einer herrlich duftenden Lammkeule zurück. Emma geht ihr zur Hand, wie immer. Ich stehe irgendwie blöd herum. Auch wie immer.

Als wir alle am Tisch sitzen, löst sich die Verlegenheit auf. Vater tranchiert die Keule. Mutter reicht die Schüsseln mit den grünen Bohnen und den Salzkartoffeln herum. Emma hibbelt auf ihrem Stuhl und die Kinder plappern, was das Zeug hält.

Nur Mischa und ich sitzen schweigend da. Ich sehe, wie er aus dem Augenwinkel meine Familie betrachtet. Was er wohl über sie denken mag? Seine Gesichtszüge bleiben gleichbleibend freundlich.

Herbert steht auf. Das Weinglas in der Hand schaut er in die Runde. »Ich muss euch etwas sagen.« Räuspern. Er nimmt einen Schluck Wein. »Wir bekommen ... ähm ... Emma ist schwanger.«

Mutter lässt die Gabel fallen. Vater fällt der Bissen Lammfleisch, den er gerade zum Mund führen will, auf den Teller zurück. Mischa lächelt. Ich nehme einen Schluck Wein, für mich ist es ja keine Neuigkeit mehr. Emma sitzt da und strahlt wie ein Honigkuchenpferd.

Mutter läuft um den Tisch auf Emma zu. »Oh, oh, oh«, ist alles, was sie im ersten Moment hervorbringt. Dann nimmt sie Emma in die Arme. »Ich freue mich so, ach, wie ich mich freue. Ach, du Liebe. Mein drittes Enkelkind. Weißt du denn schon, was es wird?« Ein schräger Blick in meine Richtung, der mir sagt, nicht mal eine Beziehung hat sie, für Babys ist es auch zu spät.

»Wir lassen uns überraschen.« Sie schaut Herbert an, der zustimmend nickt.

Emma, tja. Sie ist einmal mehr die Hauptperson.

Ich lotse die Kinder in den Salon, wo ich die Schokohasen und die Eier versteckt habe. Eifriges Suchen fängt an. Mischa ist mir gefolgt und betrachtet uns, die Hände in den Hosentaschen vergraben. Als endlich alle Hasen und Eier gefunden sind, gehen wir wieder ins Esszimmer, wo immer noch Hochstimmung über Emmas Schwangerschaft herrscht.

»Ein Schnäpschen zum Verdauen, Mischa?«, fragt Vater.

»Nur ein kleines, bitte, Sarah und ich müssen bald gehen. Wir haben noch etwas zu besprechen.«

Ich schaue ihn fragend an, ich habe keine Ahnung, was wir noch zu besprechen hätten, lasse es aber dabei bewenden.

»Der Nachtisch«, ruft Mutter. »In all der Aufregung habe ich den komplett vergessen.«

»Macht nichts, Mama, Emma isst mein Stück, sie braucht jetzt Kalorien für ihr Baby.« Ich hole meine Jacke, ziehe sie über.

Mischa hat sich ebenfalls erhoben. Zum Abschied küsst er Mutter auf die Wange. »Vielen Dank für die Einladung, respektive, dass ich bei Ihnen sein durfte. Vielleicht schauen Sie einmal in meiner Boutique vorbei. Wir könnten einen Kaffee zusammen trinken.«

Wieder errötet sie wie ein Backfisch. »Ja, das werde ich, wenn ich mal in der Stadt bin.«

Leise ziehe ich die Tür hinter mir ins Schloss.

Ostern ist gelaufen und nicht mal so schlecht, dank Mischa.

»Kommst du noch zu mir?«, fragt Mischa, als wir beim Parkplatz ankommen. »Ein Glas Wein vielleicht? Ostern ausklingen lassen?«

Ich schüttle den Kopf. »Lieb von dir, danke.«

»Hast du deine Kündigung weggeschickt?«

»Gestern, ja.«

»Sehr gut.« Er streicht über meine Haare. »Wir sehen uns.« Mit großen Schritten läuft er die Treppe zur Überführung hoch.

Ich schaue ihm sinnend nach.

Mischa

Fünf dumpfe Schläge tönen vom Münster her, als ich die Tür zu meiner Wohnung aufschließe, die ein Stockwerk über meiner Boutique liegt.

Die Wohnung wurde zusammen mit der Boutique vermietet. Ich hätte sie nicht nehmen müssen, aber es bot sich an. Ich fand damals, frisch aus Paris zurückgekehrt, zunächst nur ein enges Mansardenzimmer mit Kochnische im Kleinbasel. Einigermaßen bezahlbare Wohnungen waren und sind immer noch schwer zu finden. Und hier verfüge ich über drei kleine Zimmer, das Wohnzimmer mit Blick auf den Rhein. Die Miete ist schon happig, aber so mitten in der Altstadt zu wohnen, reizte mich sehr.

Ich brauche das urbane Leben, und nach zwei Jahren Paris hätte ich nie mehr auf dem Land leben können. Raoul hat mir zwar angeboten, bei ihm in Ferret in der Anliegerwohnung zu wohnen, ich habe dankend abgelehnt.

Ich schenke mir einen Cognac ein und setze mich in den Stressless-Sessel am Fenster. Ich liebe diesen Platz. Vater Rhein zuzusehen, wie er träge in Richtung Elsass fließt, beruhigt mich ungemein.

Meiner Mutter würde Sarah gefallen, sie mag starke Frauen. Sie ist ja auch eine. Ihre Karriere als Sängerin hat sie sich hart erkämpft. Ich sehe sie noch vor mir, wie sie manchmal niedergeschlagen von den Proben nach Hause kam. Wie ein Häufchen Elend ist sie in der Küche auf dem Stuhl gesessen, weil der Intendant schlussendlich die Rolle jemand anderem zugeteilt hat, obwohl Mutter dafür vorgesehen war. Nach vielen Kämpfen hat sie aber gewonnen und ist zum Stern am Basler Theaterhimmel emporgestiegen.

Ich nehme einen Schluck.

Mir gefällt sie auch, die Sarah. Das habe ich wahrscheinlich von Mutter geerbt, Gefallen an starken und intelligenten Frauen zu finden. Ich bewundere es, wie sie mit aller Macht versucht, aus dem kleinbürgerlichen Leben auszubrechen. Nach oben zu schwimmen. Ich werde ihr dabei helfen, und ich bin sicher, dass sie es schaffen wird.

Ich lasse die Familie von Sarah Revue passieren. Mutter, die aufgeht in ihrer Aufgabe, alle zufrieden zu stellen. Vater, etwas schwerfällig und sehr, sehr konservativ. Herbert, ein langweiliger Typ. Ob er das Baby auch wollte? Emma, die das liebe Kind spielt und damit versucht, Sarah auszustechen. Wie unterschiedlich die beiden sind. Sarah, groß, schlank, fast schon mager, und Emma, pummelig, pausbackig wie ihre Mutter.

Das Glas ist ausgetrunken. Ich fülle es nach.

Siebzehn war ich, als ich merkte, dass Mädchen mich nicht interessierten. Lange habe ich es verschwiegen. Mit mir herumgetragen. Habe sogar Freundschaften mit Mädchen angefangen, nur um meine Eltern zu beruhigen. Erst mit zwanzig hatte ich mein Coming-out. Nicht normal, wie es im Volksmund heißt. Aber was ist schon normal?

Mutter erzählte ich zuerst von meinem Schwulsein. Lächelnd hat sie mich in den Arm genommen und gesagt: „Ach Mischa, was meinst du, wie viele schwule Kollegen ich tagtäglich um mich habe. Es sind ganz normale Menschen."

Ihre Worte haben mich beruhigt, aber etwas Bammel hatte ich schon. Wie würde Vater darauf reagieren?

Als Vater es dann einige Tage später erfuhr, hat er zuerst getobt. Von Enterbung hat er gesprochen. Nach einigen Wochen hat er dann eingesehen, dass Toben nichts dran änderte. Wir haben Frieden geschlossen und er hat akzeptiert, dass ich anders bin, so, wie er auch hingenommen hat, dass ich Design studierte und nicht, wie vorgesehen, in seine Fußstapfen trat, um sein Geschäft für Kunstmaler zu übernehmen.

Ich stehe auf, schaue auf den ruhig dahinziehenden Rhein hinunter. Heute ist Vater ein Kumpel, ein Freund.

Und nun ist Sarah in mein Leben getreten und ich fühle, dass sich zwischen uns eine Freundschaft entwickeln wird. Sie hat sich großartig verhalten, als ich ihr meine

Homosexualität gestanden habe, denn ich spürte, dass sie sich in mich verliebt hat. Ihre Antwort darauf: Das Wichtigste in meinem Leben ist Unabhängigkeit und dass ich mich niemandem beweisen muss.

Chapeau, kann ich dazu nur sagen. Hoppla, das Glas ist schon wieder leer. Aber genug davon. Ich gehe in die Küche und stelle es in die Spüle. Schaue auf die Uhr. Der Abend zieht sich hin.

Fernsehen oder noch etwas arbeiten? Ich entscheide mich fürs Fernsehen. Die Zeit totschlagen.

Ein neuer Anfang

Der letzte Tag in der Klofabrik, wie ich sie bei mir nenne.

Kellenberger war nicht begeistert, als er meine Kündigung erhielt. »Warum, Frau Vogt?«, fragte er betrübt.

»Ich habe mich entschieden, ich werde mich selbstständig machen«, habe ich geantwortet.

»Dann muss ich das wohl akzeptieren.«

Ich habe nur genickt.

Ich bin wie gewohnt die Erste an diesem letzten Tag. Schließe das Büro auf und fahre den Computer hoch, so wie jeden Morgen. Leise pfeife ich ein Lied vor mich hin. Ein schwerer Stein ist mir von der Brust gefallen. Auch wenn ich heute noch nicht weiß, wie es weitergeht, ich fühle mich befreit. Der Rest wird sich ergeben.

Kellenberger ist inzwischen auch eingetrudelt. »Alles klar, Frau Vogt?«

»Alles klar«, antworte ich.

»Dann lasse ich Sie mal.« Er verschwindet in seinem Büro.

Ich schau ihm nach. Alt ist er geworden in den letzten Wochen. Wahrscheinlich machen ihm die spärlichen Aufträge doch Sorgen, auch wenn er ein dickes Geldpolster im Rücken hat.

Ich scanne die letzten Dokumente ein, fertige noch eine

Liste über die aktuellen Verkäufe an, drucke sie aus und lege sie Kellenberger auf das Pult.

Er schaut kurz darauf und dann mich an. »Sie haben wirklich gute Arbeit geleistet in der kurzen Zeit, die Sie hier waren, und ich finde es schade, dass Sie gehen. Ich kann Sie aber gut verstehen, Sie sind überqualifiziert für diesen Job.« Er hüstelt verlegen. »Ich habe mir überlegt, ich nehme Ihr Angebot an, meine Homepage zu modernisieren, sie ist wirklich etwas antiquiert.«

Wow. Damit habe ich nicht gerechnet. Als ich ihm kürzlich mein Angebot unterbreitet habe, hat er abgewinkt und gemeint, da würde doch niemand draufschauen.

»Das freut mich sehr. Ich werde Sie nicht enttäuschen. Sie werden sehen, es wird viel mehr Traffic geben. Die Leute wollen heute alles bequem von zu Hause angucken, und Ihre Prospekte können Sie dann, wenn ein interessierter Kunde angebissen hat, immer noch per Post verschicken.«

»Da mögen Sie recht haben, Frau Vogt. Ich bin halt in dieser Beziehung etwas altmodisch, so wie meine Homepage.« Ein kleines Lachen, bevor er fortfährt: »Ich habe Ihnen ein Attest geschrieben, ein Zeugnis ist für diese kurze Zeit nicht adäquat.« Er schiebt mir ein Papier zu. »Auch werde ich Sie gerne weiterempfehlen, was Ihre neue Arbeit betrifft. Ich wünsche Ihnen alles Gute und viel Erfolg, Frau Vogt.«

»Vielen Dank.«

Ich drehe mich um, will gehen, da ruft er mir nach: »Ich habe wirklich gerne mit Ihnen zusammengearbeitet.«

Ich lächle. Ich werde diesen komischen Kauz nicht vergessen. Zwar hat mich die Arbeit angeödet, aber ich habe mich bei ihm doch auch wohlgefühlt. Väterlich war er irgendwie.

Mit dem Fuß stoße ich die Eingangstür auf, im kleinen Korridor ist es angenehm kühl. Für Anfang Juni ist es ja schon ziemlich heiß draußen.

Meine Einkäufe stelle ich auf dem Küchentisch ab. In der einen Tasche sind Milch, Brot, Früchte, Schokolade, Butter und was ich sonst noch so zum Überleben in der Einsamkeit brauche. In der anderen ist Büromaterial, das ich dringend benötige.

Den Arbeitsplatz habe ich mir im Wohnzimmer am Fenster eingerichtet. Esstisch und die Stühle habe ich in den Abstellraum verbannt. Da ich eh nie Besuch zum Essen habe, reicht der kleine Tisch mit den zwei Ikea-Sesseln und dem Omasessel für einen Kaffeebesuch. Das Wohnzimmer hat dadurch viel gewonnen. Hell und luftig ist es jetzt ohne den dunklen schweren Esstisch. Ein Schreibpult und ein Regal, in dem ein nigelnagelneuer Drucker steht und sonstiges Kleinzeug untergebracht ist. Ich lege das Papierpaket und die Druckerpatronen ins Regal. Tja, mein eigenes Büro. Lange habe ich eines mit Bruno geteilt.

Bruno. Seit unserem letzten Gespräch, als er mir den Liebesantrag gemacht hat, habe ich nichts mehr von ihm gehört. Einige Male war ich nahe daran, ihn anzurufen, habe es dann aber gelassen. Ob er immer noch zwischen Basel und Zürich pendelt? Was er wohl zu meinem Schritt in die Selbstständigkeit sagen würde? Wahrscheinlich würde er mir gratulieren. Ich sollte ihn vielleicht doch einmal anrufen und fragen, wie es ihm in Zürich so ergeht.

Wieder in der Küche verstaue ich die Esswaren. Mit einem Joghurt in der Hand gehe ich in den Garten. Die Blumen müssten dringend Wasser bekommen und der Salat ist durch die ungewohnte Wärme in die Höhe geschossen. Ich löffle den Becher aus, nehme die Wasserkanne und gieße alles. Die Blumen sind gegossen, die geschossenen Salatköpfe geschnitten. Sie rotten jetzt auf dem Komposthaufen vor sich hin.

Das Telefon in meiner Jeanshosentasche vibriert. Es ist Mischa. Ich mag jetzt nicht mit ihm sprechen und drücke die Verbindung weg.

Zur Entspannung schenke ich mir einen Sirup-Menthe ein. Drehe das Glas in der Hand. Das Licht bricht die Grüntöne des Sirups.

Die Idee vom ›ganz oben sein‹, die kann ich mir jetzt wohl abschminken. Ich nehme einen Schluck. Herrliche Frische rinnt mir durch die Kehle. Will ich das überhaupt noch, das ›ganz oben sein‹? Ich weiß es nicht. Vielleicht. Ein Spruch von Marylin Monroe kommt mir in den Sinn:

›Karriere ist etwas Herrliches, aber man kann sich nicht in einer kalten Nacht an ihr wärmen‹.

Ich weiß nicht, ob es stimmt, ich konnte es bisher nicht ausprobieren. War noch nie ganz oben. Ich stelle das Glas in die Spüle und gehe ins Wohnzimmer, das jetzt ein Büro ist.

Auf dem Schreibtisch liegen meine Offerten. Fünf Firmen habe ich angeschrieben. Auf fünf Antworten warte ich noch.

Geduld war nie meine Stärke. Mischa hat mir gesagt, dass ich mindestens vier Monate einrechnen muss, bis mein Geschäft zu laufen anfängt.

Ich fahre den Computer hoch und logge mich in mein Bankkonto ein. Rechne. Drei Monate liegen drin. Bei vier würde es eng werden. Ich logge mich wieder aus. Nur jetzt keine Panik schieben. Zwei Aufträge habe ich bereits in der Tasche. Die von Mischa und von Kellenberger. Ich lache kurz auf, Homepage und Onlineshop aufbereiten. ›Besser als gar nichts‹, höre ich Mutter sagen. Eine ihrer Devisen, die sie mir ein ganzes Leben vorgebetet hat.

Mist! Meine Eltern wissen ja noch nichts von meinen geschäftlichen Turbulenzen. Es wird Zeit, dass ich sie einweihe.

Die Torte aus der Bäckerei Etter prangt in der Mitte des kleinen Tisches. Die Kaffeetassen vom Service meiner Großmutter stehen auf dem Schreibtisch. Für Vater habe ich einen Cognac bereitgestellt. Ein paar Margeriten aus meinem Blumenbeet zieren das Ganze.

Falls sie lieber draußen sitzen möchten, können wir rasch in den Garten übersiedeln. Meine Mutter soll das entscheiden, denn ich weiß, dass sie es gar nicht mag, wenn ihr kleine Fliegen oder Ameisen, und das ist halt so in einem Garten, die Beine hochkrabbeln.

Eigentlich ist es gar kein richtiger Garten. Ein Vorgarten mit ein paar Beeten, die ich das erste Mal bepflanzt habe, seit ich hier wohne. Neben dem Carport gibt es noch ein badetuchgroßes Rasenstück. Im Sommer steht dort ein Liegestuhl.

Prüfend kontrolliere ich, ob ich nichts vergessen habe. Nein, scheint alles da zu sein.

Mutter war höchst erfreut über meine Kaffeeeinladung. »Womit haben wir das verdient, Sarah?«

Ich habe rumgedruckst. »Wollte euch mal wieder sehen und der Sonntag soll schön werden.«

Punkt fünfzehn Uhr parkt Vater das Auto auf dem Platz neben dem Gartentor. Mutter steigt aus, sie kommt mit ausgebreiteten Armen auf mich zu. »Wie schön, Sarah, wir freuen uns so, dich zu sehen.« Sie hat sich schick gemacht. Ein Sommerkostüm in Dunkelblau mit kurzen Ärmeln. Es muss neu sein, das habe noch nie an ihr gesehen. Ich küsse sie auf die Wange.

Vater hält einen Blumenstrauß in der Hand. Rosen und Nelken. »Für dich, meine Liebe.«

»Wie schön«, sage ich, »vielen Dank. Aber kommt herein, oder möchtet ihr den Kaffee lieber hier draußen trinken?«

»Drinnen, oder was meinst du, Hans?«

»Ist mir egal.« Vater zieht am Schlips und öffnet den obersten Hemdenknopf.

»Dann drinnen.« Ich eile hinein. Mutter und Vater folgen. »Setzt euch schon mal ins Wohnzimmer, Kaffee kommt gleich.«

»Wo ist Mischa?«, fragt Mutter, als ich mit der Kaffeekanne aus der Küche komme.

»Er hat viel zu tun«, lüge ich.

»Schade, ein so netter junger Mann. Aufmerksam, zuvorkommend. Solche Männer findet man heute kaum mehr.«

»Nun, wenn man selbstständig ist, muss man manchmal auch am Sonntag arbeiten, weil …« ich breche ab, schenke Kaffee ein und schneide die Torte auf.

»Trotzdem schade«, murmelt Mutter und nimmt ein Stück Torte.

»Und du, Papa, einen Kaffee oder lieber einen Cognac?«

»Hans, denk an deine Leber.« Mutter schickt ihm einen mahnenden Blick zu.

»Meiner Leber geht es gut, Margrit. Sag mal, Sarah, hast du das Wohnzimmer in ein Büro verwandelt? Wo sind der Esstisch und die Stühle, die wir für dich von Tante Hedwig erhalten haben?«

Ich senke kurz den Blick. Jetzt oder nie. Irgendwann

einmal müssen sie es ja erfahren. Ich habe damit schon viel zu lange gewartet.

»Ich habe mich selbstständig gemacht, deshalb.«

»Waaas?« Mutters Kaffeetasse bleibt auf halbem Weg zum Mund in der Luft stehen. »Das kannst du doch nicht. Von was willst du denn leben?«

»Vom Geld, das ich verdienen werde.«

»Dann ist ja gut, dass du bald heiratest.«

»Wer sagt denn, dass ich heirate?«

»Hab ich doch an Ostern gesehen. Dieser Mischa ist schwer verliebt in dich. Hat er dir noch keinen Heiratsantrag gemacht? Ihr passt wirklich gut zusammen.« Die Kaffeetasse hat den Weg zum Mund gefunden.

Fast hätte ich losgeprustet. In letzter Minute gelingt es mir, ernst zu bleiben. »Wie kommst du darauf, dass wir heiraten?«

»Das sieht man doch, eine Mutter sowieso. Wann soll denn die Hochzeit sein? Vielleicht hat er ein Kleid für mich. So ein richtig elegantes mit Hut, wie es sich für eine Brautmutter geziemt.«

Nun kann ich nicht mehr anders, ich muss laut auflachen.

Mutter schaut mich beleidigt an. »Was ist daran so lustig?«

»Ich werde Mischa nicht heiraten.«

»Weshalb denn nicht? Ihr würdet so gut zusammen passen.«

»Weil wir nicht heiraten, so einfach ist das.«

Pikiert schiebt sie ein Stück Torte in den Mund. Vater hat bis jetzt kein Wort gesagt. Aus dem Augenwinkel sehe ich, dass er sich Cognac nachgeschenkt hat. Mutter scheint es nicht bemerkt zu haben. Meine Aussage, nicht zu heiraten, beschäftigt die beiden.

Ich nehme noch mal einen Anlauf: »Mischa und ich sind gute Freunde, aber mehr ist da nicht. Schlag dir bitte aus dem Kopf, dass ich heirate. Ich bin zufrieden, wie mein Leben jetzt ist. Und selbstständig arbeiten, das war schon immer mein Wunsch.« Das stimmt zwar nicht, ich habe ganz schön Bammel vor dem, was da kommt, und ob ich es überhaupt schaffe, aber das muss sie nicht wissen. Und auch nicht, dass mir gekündigt wurde und ich danach ein paar Wochen in einer Klofabrik gearbeitet habe. Sie würde es brühwarm Emma erzählen, die dem Herbert, und dann würde es die Runde in unserer Verwandtschaft machen. Der Sarah wurde gekündigt, würde es heißen. Ein Studium ist auch nicht alles. Sie hat ja immer gemeint, sie sei was Besseres. Nee, nee, das behalte ich besser für mich.

Mutter hat inzwischen zwei Stück Torte verdrückt und Vater dem Cognac zugesprochen. Er muss noch Auto fahren.

»Möchtest du nicht einen Schluck Kaffee und ein Stück Torte?«, frage ich ihn.

»Na, gib her.« Er schiebt mir den Teller und die Kaffeetasse hin.

Erleichtert fülle ich die Tasse.

»Kommst du zurecht, Sarah? Ich meine, reichen deine Finanzen, um die erste Durststrecke zu überbrücken?«

»Ja, ich bin nicht blindlings in das Abenteuer hineingestürzt. Drei Monate ganz sicher. Danach würde es eng werden, ich habe aber bereits zwei Aufträge.« Was für Aufträge das sind, das behalte ich für mich.

»Dann ist es gut. Du wirst das schaffen, mein Mädchen.« Er hält die Tasse für einen zweiten Kaffee hin.

Mutter schwärmt vom dritten Baby und wie froh sie sei, dass es Emma mit Herbert so gut getroffen habe. Anschließend erfahre ich alles über die Nachbarin, die ihr das Leben schwer macht. »Weißt du, immer wenn die Reihe zum Waschen an mir ist, hängt ihre Wäsche noch nass im Trockenraum und ich muss dann schauen, wo ich meine Sachen trockne. Auch das Treppenhaus putzt sie nie richtig sauber. Nur oberflächlich wischt sie die Steinfliesen, man sieht überall die Streifen.«

Ich höre schweigend zu.

Vater begutachtet inzwischen meinen neuen Drucker. »Ein tolles Gerät hast du dir geleistet, sogar Fotos kann man damit drucken.«

»Dazu werde ich ihn kaum benützen, es war halt alles dabei.«

»Hans, es ist schon fünf Uhr, wir sollten zurückfahren, bevor die Sonntagsausflügler die Straße verstopfen.«

»Ja, ja«, brummt Vater. »Lass mich noch den Kaffee austrinken.«

Der Aufbruch ist kurz und schmerzlos. Vater umarmt

mich und flüstert mir »toi, toi, toi« ins Ohr und Mutter ermahnt mich, auf mich aufzupassen. Macht sie ja immer.

Ich schaue dem Auto nach, wie es den schmalen Weg hinunterfährt. Mutter hat die Fensterscheibe heruntergekurbelt, ich sehe ihren Arm, der heftig winkt, dann ist das Auto hinter der Rechtskurve verschwunden.

Nochmals gutgegangen. Auch mit der halben Wahrheit. Aber alles müssen meine Eltern nun wirklich nicht mehr wissen.

Der erste Monat als Unternehmerin ist vorbei. Die Homepage für Kellenberger fertig. An Mischas Onlineplattform bastle ich noch. Zwei Rückmeldungen auf meine Offerten habe ich inzwischen bekommen. Eine davon scheint ein großer Fisch zu sein. Die zweite ist eine kleinere Bude, die mich für sechs Monate engagieren möchte. Ich müsste allerdings vier Tage pro Monat vor Ort sein. Damit habe ich keine Probleme, aber der große Fisch interessiert mich mehr und diese Arbeit würde meine Zeit zu hundert Prozent in Anspruch nehmen.

Auf die übrigen Offerten habe ich bisher keine Antwort erhalten. Ich erwarte auch keine mehr. Business as usual, das war mir schon klar, bevor ich angefangen habe. Ich bin nicht allein in diesem großen Fischteich. Die Firmen können aussuchen.

Ich nage an der Unterlippe. Der große Fisch würde

meine Finanzen mit einem Schlag in die Höhe katapultieren und ich würde mir einen Namen machen. Ich recherchiere im eidgenössischen Handelsblatt. Die Firma scheint finanziell gut aufgestellt zu sein. Auch sonst hat sie einen guten Namen.

Die Geschäftsleitung möchte persönlich mit mir sprechen, und es gibt für dieses Projekt noch weitere Bewerber.

Die kleine Klitsche hätte ich auf sicher, doch die Aufgabe ist nicht gerade eine Herausforderung.

Ich greife zum Telefon und rufe den Leiter an, Herrn Grossueli. Ob ich nächste Woche für ein persönliches Gespräch nach Zürich kommen könne, fragt er. Ich bejahe freudig.

Der kleinen Klitsche schreibe ich eine Mail mit meiner Absage. Ein Roulettespiel, ich weiß. Ich zucke mit den Achseln.

Der Fisch hat angebissen

Wie immer ist im Zürcher Hauptbahnhof morgens um neun ein Gewusel von Menschen unterwegs und ich mittendrin. Düfte wehen von den Kaffee- und Wurstbuden in der Haupthalle herüber.

Das alles nehme ich mehr im Unterbewusstsein wahr. Bin zu beschäftigt mit meinen Gedanken. In der Aktentasche habe ich alle verfügbaren Informationen über mich, Ausbildung und mein vorheriges Arbeitsleben zusammengestellt – die Klofabrik habe ich nicht erwähnt. Ich will, nein, ich muss dieses Projekt bekommen.

Vom Bahnhof sind es nur ein paar Schritte die Bahnhofstraße hinunter, hat mir Herr Grossueli am Telefon erklärt. »Wir sind im vierten Stock in einem Bürokomplex untergebracht.«

Schnurstracks laufe ich durch die Prachtstraße. Habe keinen Blick für die pompösen Geschäfte entlang des Gehsteigs. Das werde ich nach der Besprechung tun.

Das Haus, einen imposanten modernen Bau aus Glas und Beton, habe ich schnell gefunden. Der Lift gleitet lautlos in den vierten Stock und die Lifttür öffnet sich ebenso lautlos. Ein dicker Teppich dämpft meine Schritte, während ich den Gang entlanglaufe. ›Bitte klingeln und eintreten‹ steht an der Eingangstür.

129

Eine adrette Sekretärin nimmt mich in Empfang. Rötliche Haare, die in langen Wellen über die Schultern fließen. Das Kostüm schaut nach Designerboutique aus.

Sie führt mich in das Büro von Herrn Grossueli, fragt: »Darf ich Ihnen einen Kaffee bringen?«

»Ja, gerne«, erwidere ich.

Herr Grossueli hat sich inzwischen aus seinem Sessel erhoben und kommt auf mich zu. »Frau Vogt, nehmen wir doch dort drüben Platz.« Er weist auf eine Sesselgruppe mit Tischchen am Fenster hin.

Ich setze mich, ziehe den Rock, der mir übers Knie gerutscht ist, nach vorn, lege meine Aktentasche auf den Tisch und harre der Dinge, die da nun kommen sollen.

Herr Grossueli nimmt mir gegenüber Platz. Er mustert mich lang, seine Blicke machen mich verlegen. Ich decke die vernarbte Hand mit der gesunden zu. Nervös ziehe ich meine Unterlagen aus der Tasche und lege sie auf den Tisch. Wann sagt er endlich etwas?

»Okay, legen wir los.« Endlich bricht er das Schweigen. »Wir haben Ihnen schon in unserem Schreiben mitgeteilt, was in etwa Ihre Aufgabe in diesem Projekt sein wird. Ich wiederhole nochmals, Sie müssten die Abläufe in der EDV-Abteilung durchleuchten, neue Konzepte erarbeiten und diese nach Genehmigung auch implementieren.« Er nimmt meine Unterlagen in die Hand, studiert sie ausgiebig und schaut mich ab und zu über den Brillenrand an. Jung, dynamisch und smart gekleidet. Ein Jungmanager wie auf der Titelseite der ›Bilanz‹.

Endlich, er scheint nun alles gelesen zu haben. »Ihre Zeugnisse sind allererste Sahne.« Er nickt anerkennend. »Auch die Bewertung von Ihrem letzten Arbeitgeber, alle Achtung. Aber da gibt es noch eine Lücke. Was haben Sie in den letzten Wochen gemacht?«

Auf diese Frage habe ich gewartet. »Ich habe mir eine Auszeit gegönnt, mich auf meine Selbstständigkeit vorbereitet und fachlich weitergebildet.«

»Hm, sehr löblich.«

Ich atme erleichtert auf.

»Gut, Frau Vogt, ich behalte Ihre Unterlagen bei mir«, er schaut dabei auf meine Hände. »Falls wir Ihnen das Projekt zusprechen, würden Sie eine Erstzahlung von zehntausend Schweizer Franken erhalten und bei Abschluss die restlichen vierzigtausend. Wir haben sechs Monate für das Projekt einkalkuliert. Wäre das okay für Sie?«

Nun nicke ich überwältigt. Fünfzigtausend für sechs Monate. Es geht wieder aufwärts.

»Sie bekommen Bescheid. Es kann aber etwas dauern, wir werden uns noch andere Bewerber anschauen. Ich denke, in zwei, drei Wochen sind wir so weit.« Sein Händedruck ist kräftig.

Leise verlasse ich das Chefbüro und schwebe an der Sekretärin vorbei, wahrscheinlich habe ich gerade ein strahlendes Honigkuchenpferdegesicht, denn sie lächelt mich freundlich an. »Vielen Dank für den Kaffee«, rufe ich ihr zu, bevor ich die Tür hinter mir zuziehe.

131

Auf der Bahnhofstraße komme ich langsam wieder herunter. Am liebsten hätte ich einen Jauchzer von mir gegeben. Tief ein- und ausatmen Sarah, alles wird gut, du bist doch noch nicht zu alt.

Der Limmatquai hat sich nicht verändert, seit ich das letzte Mal in Zürich zum Mitarbeitergespräch mit dem Oberboss war. Viele sonnenhungrige Menschen tummeln sich an der Limmat. Sie sitzen auf den Bänken und lassen sich die Gesichter, die noch blassen Beine und Arme von der Sonne bräunen. Ich mache es ihnen nach, setze mich auf eine Bank neben zwei kichernde Teenager, schiebe meinen engen Rock bis Mitte Oberschenkel und stülpe die Blusenärmel hoch. Das Gesicht der Sonne entgegengestreckt, sitze ich eine halbe Stunde so und träume von dem Projekt, das mir, da bin ich fast sicher, zugesprochen wird. Keine Ahnung weshalb, jedenfalls ist das wieder einmal ein Tag, der nicht schöner sein könnte. Nach einer halben Stunde habe ich genug von der Sonne, die auf mein Gesicht, die Beine und Arme brennt.

Ich stehe auf und bummle weiter ins Niederdorf, der Altstadt von Zürich. Eine Kirchenglocke schlägt zwölf Uhr und aus einer der schmalen Gassen strömt mir ein wunderbarer Knoblauchduft entgegen. Ich folge ihm zu einem spanischen Restaurant. Der Geruch, die bunt bemalte Tür mit den Blumenkübeln auf beiden Seiten ziehen mich magisch ins Innere. Die Bedienung führt mich in einen kleinen Innenhof und weist mir einen Platz zu.

132

Ich schaue mich um, außer einem Mann, der in der ›NZZ‹ vertieft ist, bin ich im Moment der einzige Gast. Die Auswahl auf der Karte ist nicht groß, aber exquisit. Ich entscheide mich für gebratene Scampi an Knoblauchsauce und ein Glas Weißwein.

Schon lange habe ich nicht mehr mit so viel Genuss gegessen. Für mich koche ich eh kaum, Kochen macht mir keinen Spaß. Nach dem leckeren Essen ist mir nach Bummeln durch Zürichs Nobelhäuser zumute. Der Tag muss gefeiert werden.

Einige Boutiquen sind mir bereits am Morgen beim Vorbeirennen aufgefallen. Das Angebot erschlägt mich, nicht klein und fein, nein, groß und protzig. Zürich eben. Mischas kleine Boutique kommt mir in den Sinn.

In einem der Läden entdecke ich ein Sommerkleid. Leicht, luftig, fast bodenlang, blau mit einem feinen Blumenmuster. In der Ankleidekabine, die sehr großzügig ist – drei Spiegel, weiches Licht und eine abschließbare Tür – drehe ich mich. Eine neue Frau lächelt mir aus einem der Spiegel entgegen. Ich denke an Mischa. Würde es ihm auch gefallen? Ich nehme das Kleid und laufe in Richtung Kasse. Auf dem Weg komme ich an der Schuhabteilung vorbei. Bleibe stehen. Ein paar Sommerschuhe würden dem neuen Kleid gut stehen. Eine leichte Sandalette sticht mir ins Auge. Geflochtene Riemchen und flacher Absatz. Ich halte das Kleid dagegen, ja, die Farbe passt perfekt. Blau-weiß. Ich schlüpfe hinein. Die Größe passt auch. Ich gehe weiter zur Kasse.

Stolz nehme ich die edle Tüte entgegen und schwebe auf die Straße. Heute ist mein Schwebetag. Ich lache laut auf. Ein paar Leute bleiben stehen und betrachten mich.

Knapp sechzehn Uhr. Wenn ich den Zug um sechzehn Uhr zwanzig erwischen will, muss ich mich beeilen. Zum Glück ist es nur ein Katzensprung zum Bahnhof. Als ich den Bahnsteig erreiche, fährt der Zug nach Basel soeben ein. Viele Menschen drängen sich vor den Türen. Alle wollen gleichzeitig einsteigen. Ein typischer Pendlerzug, Zürich-Basel.

Eingequetscht stehe ich im Gang und halte nach einem freien Platz Ausschau.

Eine Hand legt sich auf meine Schulter. »Nehmen Sie Ihre Hand weg«, zische ich, drehe mich um und schaue direkt in Brunos blaue Augen. »Du?«, entfährt es mir.

Er lächelt, »ja, ich, schon vergessen, ich pendle. Aber was machst denn du in Zürich?«

»Suchen wir uns einen Platz, sofern wir einen finden, wo wir zusammen sitzen können, dann erzähle ich dir alles.«

»Alles?«

»Ja alles!«

»Nun erzähl schon«, drängt er, als wir in einem anderen Waggon endlich einen Platz gefunden haben.

Ich stelle die Tüte unter den Sitz, lege meine Handtasche auf die Knie und ziehe mein Handy heraus. »Hier«, ich halte ihm die Mail der Firma unter die Nase, »ich habe mich für dieses Projekt beworben.«

Er liest. Lange! Es scheint, dass alle Männer eher zu den langsamen Lesern gehören. »Ja und?« Er gibt mir das Handy zurück.

»Du hast mir doch damals geraten, dass ich mich selbstständig machen soll, das habe ich getan. Und nun hat eine Firma Interesse gezeigt und heute habe ich mich vorgestellt. Die Firmenleitung wollte mich persönlich sehen. Ob ich das Projekt bekommen, keine Ahnung, es gibt offenbar noch andere Bewerber und die wollen sie sich auch anschauen. Das ist alles.«

»Das ist super. Ich habe dir doch gesagt, jede Firma nimmt dich mit Handkuss.«

»Sie hat mich noch nicht genommen. Jetzt muss ich warten.«

»Mit deinem Wissen bekommst du dieses Projekt, da bin ich mir sicher.«

»Und du?«, frage ich, »gefällt es dir in Zürich?«

Bruno hebt die Schultern. »Geht so. Der Oberboss ist meistens in Amerika und hat Evelyne die volle Verantwortung übergeben.«

»Das tut mir leid.« Ich streiche ihm über den Arm. »Dann geht es mir ja gut, dass sie mich nicht mitgenommen hat.«

»Das war doch ein abgekartetes Spiel. Sie hat dem Oberboss ...«, er winkt ab, »lassen wir das. Ich bin froh für dich, dass du den Sprung gewagt hast. Das hätte ich auch tun sollen. Aber ich habe finanzielle Verpflichtungen und kann mir deshalb keine Eskapaden erlauben.«

»Kannst ja bei mir einsteigen«, antworte ich lachend.

»Könnte man direkt mal darüber nachdenken.«

Ich antworte nichts. Bruno zieht seinen Laptop aus der Aktentasche, klappt ihn auf und starrt auf den Schirm.

»Muss noch etwas kontrollieren«, murmelt er.

Ich schaue derweil auf die vorbeifliegende Landschaft und lasse das Vorstellungsgespräch Revue passieren. Der Grossueli, sein prüfender Blick, sein Schnalzen, als er meine Unterlagen einsah. Schlecht sehen die Voraussetzungen nicht aus. Nun muss ich Geduld haben. Was für ein blödes Wort.

»Wir könnten uns ja mal treffen, am Wochenende, wenn du Lust und Zeit hast?« Bruno klappt den Laptop zu.

»Oh ja, fein, das wäre toll. Dann klönen wir über alte Zeiten und stoßen auf neue an. Melde dich, du hast meine Handynummer.«

»Mach ich.« Er verstaut den Laptop in die Aktentasche. »Wo steht deine Ente?«

»Im Bahnhofparkhaus.«

»Oh, das kostet dich eine Menge Geld. Das nächste Mal, wenn du wieder nach Zürich musst, sag es mir, du kannst dein Wägelchen in meine Einfahrt stellen, ich habe mein Auto verkauft. Brauche es nicht, weder in Basel noch in Zürich.«

»Danke, du bist lieb, ich werde daran denken.«

Auf dem Bahnsteig haucht er einen Kuss auf meine Wange, dreht sich um und läuft auf den Ausgang zu.

Ich schaue ihm hinterher, bis ihn die Menge verschluckt hat, und seine Worte beim Abschied in der alten Firma kommen mir in den Sinn.

Night Fever

Samstagmorgen. Ich löffle unlustig einen Joghurt. Es ist ätzend langweilig. Dass ich noch keine Antwort von der Firma aus Zürich bekommen habe, ist mir klar. Trotzdem. Fast bereue ich, dass ich der kleinen Klitsche abgesagt habe. Genauer betrachtet, hätte ich beide Aufträge erledigen können. Ich lache auf. Hört sich ein wenig bitter an. Missmutig werfe ich den leeren Becher in den Müll, räume die Küche auf und schaue dem Regen zu, der meine Blumen wässert.

Nach der Dusche fläze ich mich im Bademantel vor den Computer, fahre ihn hoch und schaue, ob sich vielleicht doch irgendjemand auf meine Offerte gemeldet hat. Nichts! Nada! Dann halt nicht. Ich kontrolliere mein Konto. Der Kellenberger hat mir die Homepage immer noch nicht gezahlt, ich werde mich nächste Woche mal mit ihm in Verbindung setzen, so was geht gar nicht. Ich muss doch schließlich auch leben, ganz ohne Gehaltsscheck, als Jungunternehmerin quasi. Sagt man auch, wenn man vierzig ist. Mal ein Begriff, bei dem ›jung‹ nicht nur den Jungen gehört. Ich grinse. Und was mache ich jetzt?

Meine Schwester habe ich auch schon lange nicht mehr gesehen? Soll ich sie anrufen? Vielleicht hat sie Lust auf einen Stadtbummel. Nein, lieber nicht. Das letzte Mal war nicht so prickelnd. Abgehakt. Aber Mischa! Vielleicht mag er heute Abend mit mir ausgehen? Keine so gute Idee. Ich bin immer noch verliebt in ihn, obwohl ich weiß, dass nie was daraus wird. Es ist besser, wenn ich mich etwas zurückhalte. Wir bleiben Freunde, hat er gesagt. Klar bleiben wir das, aber ich muss zuerst ein bisschen Abstand schaffen oder Luft oder so was Ähnliches.

Bruno? Eventuell hat er heute Zeit, mit mir auszugehen? Nein, ich rufe ihn nicht an. Er hat ja gesagt, dass er das tun würde. Dann bleibe ich eben zu Hause.

Im Bad creme ich meine Hand mit der Wundersalbe vom Doktor ein. Mich dünkt, dass die Vernarbung noch kein bisschen zurückgegangen ist. Hilft wohl mehr der Pharmafirma als dem Patienten.

Die Kirchturmuhr vom Dorf schlägt zwölf. Ich gehe wieder nach unten. Fahre den Computer wieder hoch und versuche, einen neuen Werbebrief aufzusetzen. Etwas aussagekräftiger, als der Erste war, mit mehr Druck, sodass der Empfänger gar nicht anders kann, als mich zu kontaktieren, weil ich so gut bin. Der Gedanke lässt mich lächeln. Als ich fertig bin, das Schreiben durchgelesen habe, suche ich neue mögliche Firmen heraus. Fünf Kandidaten werden am Montag ein Schreiben von mir erhalten.

Mittlerweile ist es fünfzehn Uhr. Der Regen hat nachgelassen und Hunger habe ich auch. Die Chipstüte ist schnell aufgerissen und der Inhalt ebenso schnell gefuttert. Ein kühler Weißwein spült die letzten Krümel die Kehle hinunter.

Die Zeit schleicht.

Gelangweilt surfe ich durchs Internet. Mein Blick bleibt an einer poppigen Anzeige hängen.

Heute Abend in der Clara-Disko mit dem DJ Claus van Maaren aus Holland. Verbringen Sie einen Abend mit fetziger Musik bei uns. Reservation erwünscht.

Das ist es. Muss doch nicht in die Glotze starren. Ich nehme das Handy, tippe die Nummer ein. Die Reservierung steht. Ich habe ein bisschen gelogen und einen Tisch für zwei Personen bestellt. Was soll's. Irgendetwas wird mir dann schon einfallen.

Nun geht es mir besser. Die Langeweile ist verschwunden. Ich gehe nach oben, meine Garderobe inspizieren.

Ich war noch nie in dieser Disko, habe aber gehört, dass sie nach dem Umbau absolut mega sein soll. Gehobenes Publikum, nicht nur junges Volk und die DJs die dort spielen, supergeil.

Also was Peppiges muss es sein. Die möglichen Kleider liegen auf dem Bett. Die Jeans mit den Löchern und eine fast durchsichtige schwarze Bluse mit Rüschenärmeln, die meine vernarbte Hand verdeckt. Nächstes Problem: die Schuhe. High Heels oder flache. Ich entscheide mich für Ballerinas. Bei meiner Größe ist das vorteilhafter. Ich hasse es, wenn ich die Tanzpartner um einen Kopf überrage. Bei Mischa wären High Heels kein Problem.

Kurz vor einundzwanzig Uhr steige ich die Stufen zur Disko hinab. Der Türsteher fragt nach meiner Reservation. Ich halte ihm das Handy unter die Nase. Mit einer Handbewegung winkt er mich durch.

Bunte Lichtkugeln schweben an der Decke. Die Disko ist gut besucht. Ein geschniegelter junger Mann führt mich an den Tisch. »Sie sind allein?«, fragt er.

»Meine Begleitung kommt etwas später«, antworte ich. Er gibt sich damit zufrieden und verschwindet.

Ich bestelle einen Gin Tonic mit viel Eis und schaue mich um. Das Publikum gehört wirklich zur gehobeneren Klientel. Die meisten sind in meinem Alter. Ganz Junge sehe ich nicht. Ich linse auf die Karte. Happig, die Preise können sich die Jungen wahrscheinlich nicht leisten.

Entspannt lehne ich mich zurück. Der DJ scheint Pause zu haben, denn die Musik kommt vom Band, eben typische Pausenmusik.

Die Bedienung stellt den Drink zusammen mit gesalzenen Nüssen auf den Tisch. »Wir haben auch kleine Snacks, falls Sie das möchten.«

»Alles gut, im Moment nicht. Dankeschön.«

Nur wenige Paare sind auf der Tanzbühne. Sie wird wahrscheinlich voller, wenn es wieder richtig losgeht.

Ich nippe am Gin-Tonic und knabbere an einer Nuss. Eigentlich müsste ich etwas essen. Das, was heute in meinem Magen gelandet ist, war nicht üppig. Egal, Alkohol nährt auch.

Die DJ-Pause ist zu Ende. Claus van Maaren erscheint mit viel Rambazamba auf der Bühne, verbeugt sich und verschwindet mit eben so viel Rambazamba hinter seiner Anlage. Die bunten Lichtkugeln dimmen herunter und fetzige Rockmusik füllt den Raum. Wie ich vermutet habe, strömen die Paare auf die Tanzfläche. Die Anzeige hat nicht zu viel versprochen. Dieser Claus van Maaren versteht sein Handwerk.

»Möchten Sie tanzen?«

Erstaunt schaue ich hoch und blicke direkt in ein paar dunkle Augen. Ich nicke verlegen, denn dass mich jemand so schnell zum Tanzen auffordert, damit habe ich nicht gerechnet.

Inzwischen hat Van Maaren die Musik gewechselt. Etwas Langsames. Ich habe keine Ahnung was, mit Musik kenne ich mich nicht so gut aus. Der Mann, er hat sich als Manuel Duarte vorgestellt, legt den Arm um meine Taille.

Ich bin keine brillante Tänzerin, doch dieser Typ führt mich so sicher über die Tanzfläche, dass ich mich ganz der Musik hingeben kann. Er zieht mich enger an sich, ich rieche sein Rasierwasser. Angenehm. Moschus, Zeder und ein bisschen Vanille.

Als der Tanz zu Ende ist und der DJ was Heißeres auflegt, verbeugt er sich leicht: »Wollen wir noch mal?«

»Warum nicht.«

Er fasst mich bei den Händen, wirbelt mich über die Tanzfläche. Fängt mich auf. Wirbelt wieder.

Völlig außer Atem falle ich nach dem letzten Ton in seine Arme.

»Trinken wir was?«

Kann nur nicken, die Luft ist noch nicht zurück in meinen Lungen.

Er führt mich galant an den Platz. »Darf ich Ihnen Gesellschaft leisten?«

Immer noch atemlos nicke ich erneut.

Er schaut auf mein halbleeres Glas. »Champagner?«

Ich nicke wieder. Dieser Mann hat mir die Sprache verschlagen, denn mein Atem fließt wieder ruhig. Ich bin hin und weg. Dunkle Augen. Ebensolche Haare. Ein olivenfarbener Teint. Im Kinn ein Grübchen und blitzend weiße Zähne. Ich schätze ihn auf Mitte vierzig. Seine Hände, ich schaue bei einem Mann immer auf die Hände, sehr gepflegt. Was für ein Mannsbild! Er spricht gebrochen Deutsch, was ihn noch interessanter macht. Von welchem Erdteil mag er wohl kommen?

Der Champagner wird serviert. Mit Kennermiene betrachtet er das Etikett. Die Bedienung schenkt das perlende Getränk ein.

»Prost auf unseren Abend.«

Unseren Abend? Ich proste zurück. Unsere Blicke begegnen sich.

Ich sollte endlich etwas sagen: »Ich heiße Sarah«, gleich ziehe ich die Rüsche der Bluse über die vernarbte Hand.

»Oh, das ist ein schöner Name.« Er nimmt meine Hand und haucht einen Kuss darauf, »Manuel, aber die meisten nennen mich Manolo.« Unsere Gläser klingen. »Darf ich ›du‹ sagen?«

»Du darfst, Manolo«, erwidere ich lächelnd.

Die Musik hat erneut in etwas Langsames gewechselt.

»Willst du noch mal?«

»Ja.« Ich stelle das Glas auf den Tisch und stehe auf.

Seine Hand liegt jetzt auf meiner Hüfte, als er mich auf die Tanzfläche führt. Ein Schauer durchfährt mich. Eng umschlungen tanzen wir. Ich lasse mich fallen. Spüre seinen Körper, seine Männlichkeit.

»Du bist schön, Sarah«, flüstert er mir ins Ohr und zieht mich noch enger an sich.

Ich lege meinen Kopf an seine Schulter, schließe die Augen, atme seinen Duft ein.

»Wollen wir noch einen Drink nehmen, eine Margarita, vielleicht?«, fragt er und rückt meinen Stuhl zurecht.

Als das Getränk vor mir steht, lecke ich das Salz vom Rand und nippe vorsichtig daran.

»Aus meiner Heimat. Tequila, Cointreau, Zitrone und Salz. Schmeckt es dir?«

»Ja, ungewöhnlich, aber sehr lecker. Du kommst aus Mexiko?«

»Aus Puebla, ja. Meine Mutter war Deutsche. Durch sie habe ich gelernt die Sprache. Aber seit sie nicht mehr lebt, ich habe viel vergessen. Ich bin auf Geschäftsreise hier, nehme an einem internationalen Meeting teil.«

»Mexiko muss ein tolles Land sein, so bunt, so anders.«

»Stimmt.« Er lächelt. »Unsere Kultur ist geprägt von

unseren Vorfahren, den Majas. Wir leben Traditionen heute noch. Viel Armut bei uns, viel mehr als in Europa. Aber du hast recht, Leben bei uns ist farbenfroh, anders als hier. Wir arbeiten, um zu leben und leben nicht, um zu arbeiten. Möchtest du tanzen noch mal oder ...«, fragt er, als die Musik einen fetzigen Rock spielt.

Ich entscheide mich für das ›oder‹. Dieser Manolo hat eine magische Wirkung auf mich. Wir gehen.

Schweigend laufen wir über die Mittlere Brücke. Es ist eine milde Nacht. Der Cortège am Fasnachtsmontag kommt mir in den Sinn. Ich und mein anfänglicher Kampf mit dem Laufen und dem gleichzeitigen Spielen auf dem Piccolo. Die Menschen am Straßenrand. Das Gewusel. Es ist doch noch gar nicht so lange her. Wie viel ist in der Zwischenzeit passiert?

Mischa. Die Arbeit in der Klofabrik. Mein zögerlicher Entschluss, mich selbstständig zu machen. Der Auftrag, auf den ich noch warte.

»Ich wohne im Hotel Basel«, holt mich Manolo aus meinen Gedanken zurück.

»Ein Businesshotel, sehr bekannt in Basel.«

»Meistens ich steige ab dort, das heißt, die Firma lässt mich dort wohnen.«

Ich lächle.

Stumm laufen wir weiter. Als wir vor dem Hotel ankommen, schauen mich seine dunklen Augen an. Ohne zu überlegen, gehe ich mit ihm ins Foyer. Was ist mit mir los? Was hat dieser Mann mit mir gemacht?

Am Empfang holt er den Schlüssel. »Nehmen wir einen Drink an der Bar?« Er nimmt meinen Arm und führt mich in die Bar.

Der Barkeeper bringt zwei Gläser Champagner.

»Me gustas«, er lächelt mich an. Unsere Blicke treffen sich erneut. Diese Augen!

»Komm«, er nimmt meine Hand, ich rutsche vom Barhocker.

Schweigend fahren wir in den dritten Stock, laufen über den schalldämpfenden Teppich. Manolo schließt die Tür auf. 307. Wie in Trance folge ich ihm ins Zimmer. Ich muss verrückt sein.

Leise Musik empfängt uns. Die Lampen verströmen ein sanftes Licht. Auf dem Tisch steht ein Blumenarrangement. Das Bettlaken ist aufgeschlagen.

Manolo nimmt meinen Kopf in die Hände. Sein Kuss ist weich, seine Lippen schmecken nach Champagner. Sachte knöpft er meine Bluse auf. Streift sie im Zeitlupentempo über meine Schultern. Seine dunklen Augen werden noch dunkler. Seine Hände streicheln mich, öffnen meine Jeans und ziehen sie hinunter. Behutsam legt er mich aufs Bett. Seine Hände, sein Mund sind überall. Still liege ich da, genieße die Zärtlichkeiten. Als er in mich eindringt, durchströmt mich ein nie erlebtes Glücksgefühl. Lange bleiben wir so. Er küsst mich, flüstert zärtliche Worte, die ich nicht verstehe. Streichelt mich wieder und wieder, ich spüre, wie seine Männlichkeit erneut zum Leben erwacht.

Das Dunkel der Nacht mischt sich mit der Dämmerung, als wir voneinander lassen. Ich bin von einem Mann noch nie so befriedigt worden. Entspannt liegen wir nebeneinander.

»Du glücklich?«, flüstert er.

»Ja«, hauche ich.

»Können wir uns sehen wieder, bevor ich zurückfliege?«

»Wann fliegst du denn?«

»Am Dienstagmorgen.«

Ich stütze mich auf den Ellbogen, schaue ihn an, fahre mit dem Finger über sein Grübchen am Kinn. »Ich glaube nicht, Manolo. Lass es so sein, wie es war. Es war wunderschön.«

»Me gustas«, ist alles, was er zur Antwort gibt und fährt mit dem Zeigefinger über meine Lippen.

Der Frühstücksraum ist noch geschlossen, nur die Bar ist geöffnet. Wir setzen uns, bestellen Kaffee und Croissants. Manolo nimmt meine Hände und küsst die Innenflächen, dreht sie um, streicht über meinen Ringfinger. »Hier Platz für einen Ring.«

Ich schüttle den Kopf. »Lass gut sein, man soll das Glück nicht überstrapazieren.«

Er lässt meine Hände los. »Darf ich irgendwann wiedersehen dich, wenn ich komme nach Basel?«

Ich schüttle erneut den Kopf.

»Weshalb nicht?«, drängt er.

Ich streiche über seine Hand, seine Finger: »Es war wunderschön mit dir, lassen wir es so.« Ich trinke die Tasse leer, stehe auf. »Ich muss gehen. Wir sollten den Abschied nicht in die Länge ziehen.«

Er begleitet mich zur Tramstation. Basel liegt noch im Sonntagmorgenschlaf. Als meine Straßenbahn kommt, nimmt er mich noch mal in den Arm und flüstert: »Me gustas, ich meine ernst das.«

»Ich werde diese Nacht nie vergessen, Manolo.« Ich winde mich aus seinen Armen und steige ein.

Es geht aufwärts

Sehr geehrte Frau Vogt, wir beziehen uns auf unser kürzliches Gespräch in Zürich und freuen uns, Ihnen mitteilen zu können, dass wir uns für Sie entschieden haben.

Wow! Ich tanze durch das Wohnzimmer, falsch, durch mein Büro, und schreie meine Freude hinaus. Gut, dass ich keine Nachbarn habe, die hätten mich bestimmt wegen Ruhestörung angezeigt. Ich tanze, bis ich außer Atem bin. Geschafft. Mein erster Auftrag. Es geht aufwärts.

Die vergangene Woche war hart. Die Nacht mit Manolo. Seine Zärtlichkeiten, die ich so noch nie von einem Mann bekommen habe. »Me gustas«, hat er mit seiner dunklen Stimme geflüstert. Mich dabei geküsst. Nein, nicht ungestüm, sondern sachte, so als wäre ich ein zerbrechliches Wesen.

Habe ich mich verliebt? Ich, die Selbstständige, die keinen Mann an ihrer Seite brauchen kann?

Seine Augen verfolgen mich jede Nacht. War es richtig, ihn nicht mehr zu treffen? Vielleicht? Diesen Gedanken spielte ich tausendmal durch. Ein Leben in Puebla, mit einem Mexikaner. Ich weiß doch, wie machohaft diese Männer sein können. Wie schnell sie für eine Frau entflammen, um sie dann ebenso schnell zur Haushaltshilfe zu degradieren und gegen eine andere auszutauschen.

Das hat mich geplagt und zudem die Warterei auf die Firma in Zürich. Jeden Morgen bin ich aus dem Bett gesprungen und vor dem Kaffee nach unten gestürmt, habe den Computer hochgefahren, auf den Bildschirm gestarrt.

Doch jetzt, heute endlich, ist die Welt wieder in Ordnung. Ich stolpere in die Küche. Fülle die Kaffeemaschine mit frischem Wasser. Die Hälfte schwappt über. Ich fluche. Wische das Wasser weg, schütte das Kaffeepulver in den Filter. Natürlich verschütte ich auch das. Kein Wunder, ich vibriere am ganzen Körper. Nochmals wegputzen. Endlich tropft der Kaffee in die Kanne.

Mit dem Kaffeepott setze ich mich vor den Computer. Die Buchstaben sind immer noch da, es ist kein Traum. Ich muss meine Freude unbedingt mit jemandem teilen. Aber mit wem? Ich habe keine Freunde, jedenfalls keine engen. Meine Eltern? Ich schüttle den Kopf. Meine Schwester? Die weiß noch gar nicht, dass ich mich selbstständig gemacht habe. Doch, vielleicht schon, Mutter wird es sicher erzählt haben. Mischa? Ich habe ihn mindestens drei Wochen nicht mehr gesehen. Habe mich zurückgehalten. Bruno? Der ist jetzt auf dem Weg nach Zürich.

Der Kaffeepott ist leer. Ich schenke mir nach, nehme mein Handy und tippe die Nummer von Mischa ein. Schon will ich die Verbindung wegdrücken, als er sich meldet. Aufgeregt erzähle ich von meinem Glück. Durch das Telefon spüre ich, wie er sich mit mir freut.

»Können wir uns heute Abend in der Stadt treffen? Wir müssen doch deinen ersten Auftrag feiern.«

Ich verneine. Nach der Episode mit Manolo bin ich noch ziemlich durcheinander, obwohl, mit Mischa würde das ja nicht passieren. Doch er lässt nicht locker. Schlussendlich verabreden wir uns auf den nächsten Sonntag. Er will mit mir nach Ferret fahren. Ich müsse endlich mal seinen Freund Raoul kennenlernen.

Ich setze mich erneut an den Computer. Sobald ich den Vertrag habe, muss ich nach Zürich und mir die Abläufe genauer anschauen. Danach kann ich alles von zu Hause aus machen. Ich checke die Homepage der Firma. Sie sagt nicht viel aus, außer dass sie einen mittleren Kundenstamm haben, dass sie fünfunddreißig Mitarbeiter beschäftigen und ins Ausland expandieren wollen. Komisch, denke ich, eine Firma von der Größe sollte meiner Meinung nach eine etwas aussagefähigere Homepage haben, besonders, wenn sie expandieren will.

Ich fahre den Computer wieder runter und beschließe spontan, meine Schwester zu besuchen.

Im Dorf halte ich kurz und kaufe in der Bäckerei Etter eine Torte. Eine mit viel Buttercreme und schön verziert, Emma mag das, jedenfalls bei unserem letzten Besuch im Café Bachmann mochte sie es.

Emma und Herbert wohnen im Neubadquartier, ein Viertel des gut bürgerlichen Mittelstandes.

Reiheneinfamilienhäuser mit gepflegten Vorgärten, eines neben dem anderen. Alle sehen gleich langweilig aus.

Ich klingle. Nichts! Ich klinge nochmals. Fünfzehn Uhr, sie sollte eigentlich zu Hause sein, denn die Kinder würden gleich aus der Schule kommen.

Die Tür öffnet sich einen Spalt. »Du?« Emma liegt in meinen Armen. »Komm herein«, sie zieht mich ins Haus.

Erst jetzt bemerke ich, dass sie vom Weinen verquollene Augen hat. Die Haare strähnig. Die Trainingshose fleckig.

»Emma, was ist los? Komme ich ungelegen?«

»Nein, nein.« Sie schubst mich in ein total chaotisches Wohnzimmer, so kenne ich meine Schwester nicht, sie, die Perfekte.

»Ich habe eine Torte mitgebracht. Soll ich Kaffee aufsetzen?«, frage ich und hebe die Tortenschachtel hoch.

»Lieber Tee, ich trinke keinen Kaffee mehr in meinem Zustand.«

In der Küche herrscht totales Chaos. Schmutziges Geschirr türmt sich in der Spüle. Ein angeschnittenes Brot, schon leicht angetrocknet, liegt auf dem Tisch. Frühstücksschalen mit eingetrockneten Müsliresten gammeln vor sich hin. Zuerst räume ich das Geschirr in die Abwaschmaschine, versorge das Brot im Brotkasten und setze Wasser für den Tee auf.

»Schwarz oder Grüntee«, rufe ich ins Wohnzimmer.

»Grünen bitte. Ich glaube es gibt noch welchen.«

Mit dem Tee und dem Kuchen auf dem Servierbrett komme ich ins Wohnzimmer und stelle alles auf den Beistelltisch. »Wo sind Markus und Ruth? Die sollten längst hier sein.«

»Sie haben Spielstunde, kommen erst gegen siebzehn Uhr zurück.«

»Iss den Kuchen und trink erstmal einen Schluck Tee und dann erzählst du mir, was dich so traurig macht.« Ich schiebe ihr den Teller mit dem Kuchen hin.

»Ich kann nichts essen«, sie schluchzt auf.

»Du sagst mir jetzt auf der Stelle, was los ist!« Ich betrachte sie, wie sie vor mir sitzt.

Die ungewaschenen Haare. Das Gesicht aufgedunsen. Ein Häufchen Elend. Nein, so habe ich sie noch nie gesehen.

Emma nippt am Tee. »Herbert geht fremd«, stößt sie hervor und Tränen kullern aus ihren Augen.

»Das kann nicht sein, das glaube ich nicht.«

Herbert, der langweiligste Mann, den ich je kennengelernt habe, soll eine Freundin haben? Unvorstellbar.

Ich streiche ihr über den Arm. »Nun erzähl mal von vorn.«

Erneutes Aufschluchzen. »Er kommt seit ein paar Wochen nie mehr vor Mitternacht nach Hause, manchmal auch später. Wenn ich ihn frage, sagt er etwas von Überstunden.« Sie wischt sich den Rotz mit dem Ärmel ab. »Aber ich kenne doch den Job, da muss kein Mensch bis in die Nacht arbeiten.«

Wenn ich als Mann eine so ungepflegte Frau zu Hause hätte, würde ich das Nachhausekommen auch hinauszögern. Verkneife mir, es auszusprechen.

»Er freut sich auch nicht auf das Baby. Er sagt, dass er … ich weiß nicht mehr weiter.«

»Das legt sich wieder«, versuche ich zu trösten. »Er wollte doch das Baby auch, oder nicht?«

»Ja, ja, wir beide.«

»Siehst du.« Ich trinke meinen Tee aus. »Wie kann ich dir helfen?«

»Im Moment gar nicht, Sarah.« Sie schaut mich aus schwimmenden Augen an.

Zögernd stehe ich auf. »Versprich mir, dass du dich meldest, wenn ich etwas tun kann. Und versprich, dass du dich mit ihm aussprichst und …«, jetzt sage ich es doch, »noch etwas, lass dich nicht so gehen, das schreckt jeden Mann ab.«

Emma schnieft. »Ja, mach ich. Danke, dass du gekommen bist.«

»Ist doch okay. Ich muss leider gehen, aber ich schau wieder vorbei. Kopf hoch, alles wird gut.« Ich streife kurz über ihre nasse Wange, schnappe meine Tasche und ziehe die Tür hinter mir ins Schloss.

Armes Ding. Obwohl wir das Heu nicht auf derselben Bühne haben, tut sie mir leid. Was bin ich froh, dass ich keinen Mann habe. Ich kann tun und lassen, was ich will, kann mich gehenlassen, wann es mir gefällt, ich bin niemandem Rechenschaft schuldig.

Bevor ich in die Ente steige, schaue ich noch mal zurück. Der Vorhang des Wohnzimmers bewegt sich leicht.

Den Rest der Woche verbringe ich mit Offerten Schreiben. Lümmle im Garten herum und lese Fachbücher im Liegestuhl. Ich will fit sein, wenn die Arbeit mit Zürich beginnt.

Besuch in Ferret

Strahlend blauer Himmel. Ein Traumsonntagmorgen. Ich verstaue die Weinflasche, die ich für Raoul gekauft habe, in einem Stoffbeutel. Obwohl, Wein nach Frankreich zu bringen ist, wie Wasser in den Rhein zu gießen.

Punkt neun Uhr fährt Mischa mit seinem Renault auf meine Einfahrt. Gut sieht er aus, denke ich, als er aussteigt. Er nimmt mich in den Arm und küsst mich auf die Stirn.

»Geht es dir gut?«

»Supergut«, ich strahle ihn an.

»Also, dann los.« Galant hilft er mir ins Auto.

Schweigend fahren wir über die kurvenreiche Straße in Richtung Ferret. Wald, viel Wald. Häuser, die wie zufällig in die Landschaft gestreut wurden. Wieder Wald.

Hier möchte ich nicht wohnen. So einsam. Obwohl mein Haus auch ziemlich einsam liegt, habe ich das Gefühl, dass es hier noch einsamer ist.

»Du bist so still? Geht es dir wirklich gut?«

»Aber ja, ich habe nur gerade die Landschaft bewundert. Die Einsamkeit ist etwas bedrückend, findest du nicht auch?«

Mischa lacht. »Du wirst von Raouls Haus begeistert sein. Platz, Auslauf, Apfelbäume, Felder, keine Enge.

Aber ich möchte auch nicht hier wohnen. Ich brauche die Stadt. Die Theater, die Kunst, die Menschen und die Bars.«

Ich lächle. Klar braucht er das. Sonst würde er nicht mitten in der Stadt wohnen.

Mischa biegt in einen holprigen Weg ein. Links und rechts stehen mächtige Bäume. Ich habe keine Ahnung, welcher Art sie sind, in der Naturkunde hatte ich einen Fensterplatz, aber sie gefallen mir, wie sie als stramm stehende Soldaten den Weg säumen.

»Wir sind da.« Mischa fährt auf ein ausladendes Bauernhaus zu. Ein typisches Elsässer Fachwerkhaus.

»Wow«, ist alles, was ich sagen kann, es sieht großartig aus.

»Raoul ist entweder in der Küche oder hinter dem Haus in seinem Gemüsegarten. Gehen wir ihn suchen.«

Wir laufen hinter das Haus.

»Hallo Raoul, wir sind da«, ruft Mischa.

Ich sehe einen Mann, der sich über ein Blumenbeet beugt. Er richtet sich auf und kommt auf uns zu. Sein Gesicht ist gebräunt. Unzählige Fältchen umrahmen die blauen Augen.

Er lächelt mich an und die Fältchen vertiefen sich wie Sonnenstrahlen. »Willkommen Sarah«, er streckt mir die Hand entgegen. Es kleben noch kleine Erdklumpen daran.

»Schön, dass du die Sarah endlich mitgebracht hast, Mischa.« Die beiden umarmen sich.

157

»Ich habe gehört, dass du einen großen Auftrag an Land gezogen hast, Sarah, ich darf doch du zu dir sagen?« Ohne meine Antwort abzuwarten, fährt er fort: »Ich habe eine Flasche Crémant kaltgestellt und einen Flammkuchen gebacken. Das müssen wir feiern. Ich hole ihn gleich. Wir können dort unter dem Apfelbaum sitzen. Kommst du mit mir, Mischa, und hilfst mir?«

Ich schlendere zum Bistrotisch, der liebevoll gedeckt ist. Ackerblumen in kleinen Marmeladengläsern, Champagnergläser, bunte Stoffservietten. Jetzt bin ich gespannt auf diesen Raoul. Ist das Mischas Freund? Ich setze mich und blinzle in die Sonne.

Lachend kommen Mischa und Raoul aus dem Haus. Mischa balanciert ein großes Blech, Raoul trägt einen Eiskübel, aus dem der Hals einer Flasche Crémant herausschaut.

»So, dann wollen wir mal.« Raoul schenkt ein.

Der Crémant perlt in den Gläsern. Die beiden Männer stoßen mit mir an und lassen mich hochleben.

»Viel Erfolg mit deinem Auftrag und auf gute Freundschaft.«

Raoul schneidet den Flammkuchen in mundgerechte Stücke, legt sie auf die Teller und schiebt mir einen davon zu. Ich beiße in den Kuchen hinein. Herrlich, sämig und lauwarm.

»Ich habe mich zwar zur Ruhe gesetzt, aber ich verspüre ab und zu immer noch eine gewisse Unruhe in mir.« Raoul lächelt mir zu und schenkt nach. »Erst letzte Woche habe ich einen Auftrag für eine Grafikkampagne bei einem französischen Magazin erhalten. Ich freue mich riesig auf diese Arbeit. So habe ich mir mein Leben vorgestellt. Ein Haus auf dem Land, einen großen Garten, Ruhe, ab und zu auch etwas Kreatives tun. Nicht unbedingt des Geldes wegen, ich habe genug davon, aber wegen meinem Kopf.« Er lacht. »Wer rastet, der rostet, heißt es und das möchte ich nicht. Übrigens, ich habe ein Coq au Vin im Ofen und einen Gemüseauflauf. Ich hoffe, du isst Fleisch?«

»Aber sicher, ich bin keine Vegetarierin.«

»Raoul ist ein begnadeter Koch«, wirft Mischa ein, »du wirst begeistert sein.«

Wir trinken die Gläser aus und folgen Raoul, der uns alles zeigen möchte. Ich komme aus dem Staunen nicht heraus. Im unteren Stockwerk gibt es eine modern eingerichtete offene Küche mit einer Bar als Raumtrenner zum Wohnzimmer. Daneben liegt Raouls geräumiges Atelier. Ein Zeichentisch, ein Flip-Chart, vollgekritzelt mit Entwürfen. In der Ecke steht ein altertümlicher Ledersessel. Das Leder ist ziemlich abgeschabt, aber genau das macht den Charme des Sessels aus. Daneben ein kleiner Tisch, auf dem sich Magazine und Bücher türmen. Auch auf dem Boden liegen Zeitschriften, Bücher und Papierrollen. Ein geordnetes Chaos. So können nur kreative Menschen wohnen. Raoul wird mir immer sympathischer.

»Im oberen Stockwerk gibt es noch zwei Schlafzimmer, ein Bad und ein Gästezimmer, aber da meine Putzfrau im Moment krank ist, ist die Unordnung unterirdisch, gehen wir gleich da durch.« Er komplimentiert mich durch eine Tür am Ende des Korridors.

»Das war mal ein Stall. Ich habe ihn umbauen lassen. Jetzt ist es eine kleine Anliegerwohnung. Zwei Zimmer, Schlafzimmer, Küche und Bad. Hübsch, nicht?«

Ich bin überwältigt. Zwei Puppenstubenzimmer, ein ebensolches Schlafzimmer, eine winzige Küche.

»Vermietest du die?«

»Freunde können hier wohnen. Vermieten will ich nicht. Das ist mir zu aufwändig. Ich bin in der glücklichen Lage, dass ich das Geld nicht brauche. Aber du könntest hier wohnen, Sarah.«

»Ich glaube nicht, dass ich im Elsass wohnen möchte. Das ist mir zu … ja, vielleicht zu abgelegen.«

Raoul lacht. »Wie Mischa, der will hier ebenfalls nicht wohnen, wie er mir vor Kurzem sagte. Ich weiß nicht, was ihr gegen das Elsass habt? So abgelegen ist Ferret nun auch nicht. Aber komm, ich zeig euch noch meinen Garten. Mischa kennt ihn ja, kann aber trotzdem mitkommen.«

Mischa lacht. »Na gut, dann latsche ich eben mit.«

Ich gebe ihm einen Stüber mit dem Ellbogen.

Wir gehen hinter das Haus und ich bestaune Raouls Bauerngarten. Kräuter, Salate, Karotten kunterbunt gemischt mit Blumenrabatten.

»Das ist phänomenal«, entwischt es mir. »Du hast wahrhaftig einen grünen Daumen.«

»Geht so, ich lass es einfach wachsen. Ab und zu mal Unkraut zupfen, mehr nicht.«

»Jetzt sei nicht so bescheiden. Ich habe auch etwas angepflanzt. Der Salat ist in die Höhe geschossen, die Blumen, na ja.«

Raoul lacht. Ich liebe sein Lachen und die Fältchen um seine Augen.

»Wie geht es deinem Huhn im Backofen?«

»Merde. Danke, Mischa.« Raoul hastet in die Küche. »Gerade noch rechtzeitig«, ruft er, »dem Huhn geht es prächtig, aber das Gemüse ist ein bisschen sehr braun. Ich glaube, es ist trotzdem essbar. Mischa, deckst du bitte den Tisch auf der Terrasse.«

»Zu Befehl. Sarah, hilfst du mir?«

Die Terrasse gibt einen wunderbaren Blick auf die Vogesen frei. Auf der Wiese stehen Obstbäume. Eine Idylle, fast schon kitschig. Ich lasse mich auf einen der Liegestühle nieder und beobachte, wie Mischa den Tisch deckt.

»Nennst du das Hilfe? Aber bleib ruhig sitzen und genieße die Aussicht, ich mach das.«

Eine bunte Tischdecke, irdene Teller, rustikale Weingläser. Ich fühle mich wie im Märchenland.

Raoul kommt mit einem Korb voller Brot und einer Schüssel Salat heraus.

Mischa und Raoul? Ja, sie würden gut zusammenpassen. Der Altersunterschied? Ich zucke die Schultern. Ich habe keine Ahnung, wie das zwischen Schwulen abläuft.

Sie scheinen sich jedenfalls sehr zu mögen.

Raoul erscheint mit dem Coq au Vin. Ein herrlicher Duft strömt aus dem Topf. »Das Gemüse kommt gleich.«

Die Gemüseplatte ist mächtig, ich bin total geflasht. Karotten, Blumenkohl, grüne Bohnen, Brokkoli, Tomaten. Besser könnte das auch in einem Fünfsterne-Restaurant nicht präsentiert werden.

»Raoul, du bist ein Künstler, und angebrannt schaut anders aus. Wenn ich da an meine Kochkünste denke!«

Er lacht. »Mischa hat mich gerettet, quasi im letzten Moment. Bitte greift zu. Den Käse und die Nachspeise habe ich in der Küche gelassen. Die Hitze!«

Wir geben uns den Köstlichkeiten hin. Schon lange hat es mir nicht so gut geschmeckt und schon lange habe ich nicht mehr so viel gegessen.

»Raoul war mal mein Lehrer«, Mischa schenkt Wein nach, »und ich war ziemlich sturköpfig. Wusste alles besser.«

»Ja, das warst du.« Raoul streicht über Mischas Hand. »Aber irgendwann hast du begriffen, dass Sturheit dich nicht weiterbringt.«

Die beiden schauen sich an. Ich bemerke die Verbundenheit zwischen ihnen. Soll ich sie fragen? Nein, irgendwann wird Mischa es mir erzählen.

Nach dem Nachtisch lege ich mich in einen Liegestuhl. Ein leichter Wind streicht durch mein Haar. Die Augenlider werden mir schwer. Mischa und Raoul besprechen irgendetwas Geschäftliches. Langsam döse ich weg.

»Sarah, wir müssen.« Ich fahre hoch. Es ist Mischa, der mir über das Haar streicht.

»Bevor ihr fahrt, nehmt noch einen Kaffee?«

»Oh ja, ich glaube, ich habe tief geschlafen. Ein Muntermacher wäre nicht schlecht.«

»Einverstanden.« Mischa zieht mich aus dem Liegestuhl hoch und einen kurzen Augenblick fühle ich Schmetterlinge in meinem Bauch, Schmetterlinge, die nicht sein dürfen.

Auf der Heimfahrt hänge ich meinen Gedanken nach. Dem neuen Auftrag, Mischa und Raoul, und ich spüre, dass daraus eine Freundschaft entstehen könnte. Das Leben kann so schön sein.

Mischa

Ich fahre das Auto auf den angemieteten Platz in der Storchengarage. Sie liegt nur zwanzig Minuten Fußmarsch von meiner Wohnung entfernt.

Die Steinenvorstadt ist voll mit fröhlichen Menschen, wie jeden Sonntagabend. Cafés, Bars, darunter auch ein paar dubiose Spelunken zwischen den Kinos. Vor dem Kino Küchlin stehen die Menschen bis weit auf den Gehsteig Schlange. Klar, der gute alte James Bond ist immer noch ein Magnet.

Beim Warteck stoppe ich kurz. Soll ich ein Bier trinken? Den schönen Nachmittag Revue passieren lassen, bevor ich zurück in meine Klause gehe? Ich entscheide mich dafür, trete ein und stelle mich an die Bar, an der ganz schön was los ist. Mit dem Glas in der Hand lehne ich mich an die Theke und betrachte das Volk. Bunt gemischt, wie immer. Solche Kneipen liebe ich. Schnell hat man jemanden, mit dem man klönen kann. Heute ist mir nicht danach zumute.

Ich muss diese verdammte Geschichte zu Ende bringen. Hat mir Raoul unmissverständlich zu verstehen gegeben. Er hat ja recht. Ich hätte diese Angelegenheit nicht so lange vor mir herschieben sollen.

Vor zwei Jahren war es gewesen. In Paris. Die Stadt meiner Städte. Den Tag hatte ich verbummelt. Geschäfte durchstreift. Ein Glas Wein im Quartier Latin getrunken. Am Abend ging ich in eine angesagte Schwulenbar. Ich war noch nie dort. Schon als ich eintrat, gefiel sie mir sofort. Jugendstiltische mit ebensolchen Stühlen. Die Bar war mit dunklem Holz verkleidet. In einem Teil der Bar gab es bequeme Sessel. Ich ließ mich auf einen davon nieder, streckte die Beine von mir und bestellte einen Daiquiri. Ein junger Mann setzte sich mir gegenüber. Dunkle Augen. Dunkle Locken. Weißes T-Shirt, Jeans und Sneakers. Als die Drinks vor uns standen, er hatte Bier bestellt, prosteten wir uns zu.

»Sie sind neu hier?« Er betrachtete mich.

»Ja, das erste Mal. Ein Freund hat es mir empfohlen.«

»Gute Empfehlung.« Seine Zähne blitzten. »Ich heiße Francois.«

»Mischa.«

Francois erzählte, dass er aus Marseille komme, seine Mutter Marokkanerin sei und er in Paris Jura studiere.

Nach etlichen Drinks ging ich mit ihm nach Hause. Ein schäbiges Mansardenzimmer unterm Dach. Die Bettwäsche war schmuddelig, doch das störte mich nicht. Wir zogen uns gegenseitig aus. Francois hatte einen Superbody. Schlank, muskulös und gebräunt. Er war gleichzeitig ungestüm, zärtlich und fordernd. Er spielte mit mir, so hatte ich das noch nie erlebt und genoss es in vollen Zügen.

Zwei Wochen später war ich wieder in Paris. Ich wohnte bei ihm in dieser schmuddeligen Mansarde. Am Tag besuchte er die Uni, am Abend liebten wir uns. Noch nie war ich einem Mann so verfallen. Die Reisen nach Paris waren teuer, belasteten meine Finanzen, aber ich war glücklich, endlich eine feste Beziehung gefunden zu haben.

Ich schiebe das leere Glas über die Theke und nicke dem Kellner zu. Minuten später steht ein frisches Bier vor mir.

Nach einigen Wochen bettelte mich Francois um Geld an. Für Studienmaterial, er würde es mir zurückzahlen, sobald er wieder flüssig sei. Ich glaubte ihm. Die Summen wurden immer größer. Ich pumpte Raoul an, weil ich dabei war, meine Boutique einzurichten, und selber nicht im Geld schwamm.

Auf meine Fragen, wann ich denn mit einer Rückzahlung rechnen könne, bekam ich schwammige Antworten von Francois. Ich drohte ihm mit einem Anwalt. Keine Antwort. Weihnachten fuhr ich spontan nach Paris, Francois hatte ich nicht informiert. Als ich die Mansardentür aufschloss, lag ein unbekannter junger Mann im Bett. Francois war nirgends zu sehen. Wir starrten uns an.

»Wer sind Sie und wo ist Francois?«

»Ich bin sein Freund«, er lächelte süffisant.

Ich sagte nichts, schloss die Tür und schlurfte die ausgetretenen Treppenstufen hinunter. Das war's.

Nein, das ist es eben nicht. Ich fühle mich beschissen. Ich habe ihn geliebt. War glücklich wie nie in meinem Leben.

Bei Raoul habe ich Schulden. Er drängt zwar nicht, aber ich will sie ihm so bald wie möglich zurückzahlen, obwohl mein finanzielles Polster noch nicht so groß ist. Ich lege das Geld auf die Theke und gehe.

Zu Hause schreibe ich eine E-Mail an meinen Anwalt.

Zweifel kommen hoch

Kurz vor acht Uhr, mit einiger Verspätung, fährt der Zug im Bahnhof Zürich ein. Zusammen mit dem Pendlerstrom eile ich auf den Ausgang zu. Zum Glück ist es nur einen Katzensprung zur Firma. Herr Grossueli möchte mich sehen.

Außer Atem trete ich durch den Firmeneingang.

»Herr Grossueli erwartet Sie mit Ungeduld.« Die Sekretärin öffnet die Tür zum Büro ihres Chefs.

»Guten Morgen, Frau Vogt.« Ein kurzer Blick auf seine Uhr. »Dann wollen wir gleich mal.«

Ich setze mich. Er schiebt mir ein Dokument zu. »Ihr Vertrag, wie besprochen. Aber lesen Sie ihn durch. Danach bringe ich Sie zu unserem EDV-Leiter. Der wird Ihnen die bestehenden Abläufe zeigen.«

Ich überfliege den Vertrag, unterschreibe ihn und gebe ihn zurück. »Ja, so wie wir es besprochen haben. Danke.«

Herr Grossueli führt mich in die EDV-Abteilung und stellt mich dem Leiter vor, Herrn Müller.

Er verabschiedet sich. »Sie kontaktieren mich bitte über den Verlauf Ihrer Analysen.«

Herr Müller schiebt einen Stuhl vor den Computer und erklärt mir die Abläufe. Sie scheinen ziemlich schwerfällig zu sein, denke ich, da werde ich mich schön reinknien müssen. Ich nehme mein Handy und tippe ein paar Informationen in die To-do-Liste.

»Wenn Sie noch Fragen haben, hier ist meine direkte Telefonnummer«, er drückt mir eine Visitenkarte in die Hand, »und in diesem Ordner finden Sie noch weitere Unterlagen zu den Abläufen. Der Code für den direkten Zugang zu unserem Computer steht auf der ersten Seite.«

Das ist alles. Etwas kurz, finde ich, sage aber nichts. »Ich melde mich bei Ihnen, vielen Dank, Herr Müller.«

Er schaut mich misstrauisch an, gibt mir dann aber doch die Hand.

Ein komisches Gefühl überfällt mich, denn bei solchen Gesprächen sollte eigentlich immer ein Mitglied von der Geschäftsleitung anwesend sein. Schließlich geht es hier um eine Umstrukturierung, nicht nur in den technischen Abläufen, sondern auch im Personalwesen. Aber mir soll's recht sein, so habe ich wenigstens freie Hand und kann in Ruhe von zu Hause arbeiten.

Noch zwei Stunden bleiben bis zum nächsten Zug nach Basel. Bummeln mag ich heute nicht. Ich will heim, will mit dem Projekt beginnen. Soweit ich gesehen habe, liegt einiges im Argen. Da werde ich ein paar Nüsse knacken müssen, aber das stört mich nicht. Im Gegenteil. Endlich wieder mal richtig arbeiten. Probleme lösen.

Im Bahnhof trinke ich an einer Bar einen Kaffee und betrachte die Pendler, die immer noch gehetzt an ihren

Arbeitsplatz eilen. Was bin ich doch für ein Glückskind, dass ich das nicht mehr muss, dass ich frei bin. Und das nur dank Mischa. Ohne ihn würde ich immer noch zaudern.

Ich denke an Bruno. Als ich damals rausgeschmissen wurde, war ich fast ein wenig neidisch auf ihn. Aber er scheint in Zürich nicht recht glücklich zu sein. Hat er jedenfalls zu verstehen gegeben, als wir uns getroffen haben. Er könnte ja bei mir einsteigen. Ich grinse. Weshalb denn nicht.

Wenn mein Geschäft läuft, kann ich mehr Aufträge annehmen und das bewältigt eine Person allein nicht. Ich bin überzeugt, dass mein Geschäft läuft. Den ersten Schritt habe ich heute getan.

Zu Hause stürze ich mich in die Arbeit. Wie ich vermutet habe, ist einiges nicht in Ordnung. Bis spät in die Nacht sitze ich am Computer und versuche, Klarheit in das Chaos zu bringen. Irgendwann fliegen mir die Zahlen und Formeln um die Ohren.

Ich strecke mich, gieße ein Glas Rotwein ein und denke an Bruno, dem es sehr wahrscheinlich nicht so gut geht wie mir.

Wie gut, dass Mischa mir den Tritt in den Arsch verpasst hat, meinen Job bei der Klofabrik zu kündigen. Ohne diesen Tritt würde ich immer noch vergilbte Blätter in den Computer einlesen. Der Rotwein macht mich schläfrig. Ich stelle den Computer auf Stand-by und trotte nach oben. Kaum liege ich im Bett, falle ich sofort in einen tiefen, traumlosen Schlaf.

Die ganze Woche ackere ich wie verrückt. Ich bin wieder in meiner Welt. Ich vergesse zu essen, und wenn sich Hunger meldet, stopfe ich eine Tüte Chips in mich hinein. Das kann ich wunderbar neben dem Arbeiten machen. Am Abend bin ich so aufgedreht, dass ich nicht einschlafen kann, doch die wunderbaren Pillen, die ich in der Dorfapotheke inzwischen auch ohne Rezept erhalte, helfen.

Zwischendurch checke ich immer wieder mal meinen Kontostand. Die zehntausend Franken sind noch nicht eingegangen, dafür aber die paar Kröten von Kellenberger. Wenigstens das.

Wenn ich die Zahlen nicht mehr sehen kann, arbeite ich an Mischas Onlineshop. Die pure Erholung. Es eilt zwar nicht, hat er mir gesagt, doch ich möchte die Seite sobald wie möglich fertig haben. Ich weiß doch, dass Online-Shopping mehr und mehr in Anspruch genommen wird. Und so im Geld schwimmen wird er nun auch nicht, vermute ich jedenfalls.

Es ist ein Bilderbuchsonntagmorgen. Azurner Himmel, wolkenlos. Verschlafen tappe ich hinunter in die Küche. Heute mache ich blau. Kein Computer. Keine Zahlen und Diagramme. Einfach nichts. Mit dem Kaffeebecher setze ich mich auf die Eingangsstufe und betrachte mei-

171

ne Blumen. Blumen! Eine Woche ohne Wasser überstehen auch die abgehärtetsten Pflanzen nicht. Ich denke an Raouls gepflegten Bauerngarten und seufze. Aus mir wird wohl nie eine Gärtnerin.

Ich schleiche am Computer vorbei. Soll ich doch? Nein, heute nicht.

Nachdem ich mir eine Käseschnitte zubereitet habe, heute werden die Chips mal ausgelassen, laufe ich wieder hinaus und setze mich auf den Liegestuhl neben dem Carport. Lustvoll beiße ich in das Brot. Schmeckt herrlich nach dem Junkfood der vergangenen Woche.

Was Mischa wohl heute so macht? Vielleicht fährt er wieder ins Elsass. Raoul und er? Ach was, es geht mich nichts an. Bin viel zu neugierig. Immer noch.

Das Handy summt. Mutters Gesicht erscheint auf dem Screen. Jetzt mag ich nicht, doch das schlechte Gewissen siegt.

»Emma geht es nicht gut.« Ihre Stimme ist tränenerstickt. »Kannst du sie nicht mal besuchen?«

»Was ist mit ihr, ist sie krank?«

»Nein, mit dem Baby ist alles in Ordnung, aber Herbert betrügt sie. Er hat eine Freundin.«

Ach so, das ist es, denke ich und klaube den Käse vom Brot, knabbere dran. »Das hat sie mir erzählt, als ich das letzte Mal bei ihr zu Besuch war. Klammert sie sich immer noch an diesen Gedanken? Nur weil er am Abend manchmal länger arbeitet, hat er noch lange keine Freundin.«

»Nein, nein, es ist so.« Ein tiefer Seufzer dringt durchs Telefon.

»Ich kann sie schon besuchen, nur jetzt gerade nicht, ich stecke nämlich tief in einem Projekt.«

»Es muss ja nicht lange sein. Sie braucht dich, Sarah. Gleich.«

»Tut sie das, wirklich?«

»Ja, du bist ihre Schwester.«

»Auf einmal? Ich überlege es mir. Wie gesagt, im Moment habe ich gerade viel um die Ohren.«

»Was macht eigentlich dieser Mischa?«

»Keine Ahnung, ich treffe ihn nicht so oft.«

»Ach! Schade!«

Muss innerlich schmunzeln. Wenn sie wüsste. Irgendwann vielleicht.

»Sei mir nicht böse Mama, die Arbeit ruft«, lüge ich, »aber ich werde mich um Emma kümmern. Sie soll mit Herbert reden, habe ich ihr schon neulich geraten. Tschüss, mach's gut, ich melde mich wieder.« Schnell drücke ich die Verbindung weg, sonst wäre das wieder eine nie endende Story geworden.

Emma und ihre Eifersucht. Schon immer. Eifersüchtig auf alles rund um sie herum. Auf mich, weil ich einen sooo tollen Job habe … hatte. Auf meine Ente, obwohl Herbert eine schickere Karre fährt. Auf die jungen Mädchen. Ganz besonders, wenn Herbert einer zu lange nachgeguckt hat. Da konnte sie sich ereifern. »Auch mit einem Babybauch kann man sich etwas hübsch machen,

173

liebe Emma, dann würde sich dein Mann nicht irgendwo umhertreiben nachts«, murmle ich und stehe auf.

Im Kühlschrank suche ich nach etwas Kühlem. Eine Flasche Weißwein lacht mich an. Gerade das Richtige für einen Sonntagnachmittag. Mit dem vollen Glas in der Hand begebe ich mich in den Garten zurück. Herrlich! Der Wein hat es in sich, langsam döse ich weg. Träume, wie mein Bankkonto immer dicker wird.

Als ich erwache, ist die Sonne hinter den Baumwipfeln des Waldes verschwunden. Ein frischer Wind kühlt meine heiße Haut.

Zufrieden gehe ich ins Haus. Mal überlegen, was ich mit dem heutigen Abend noch so anfange.

Auf dem Monitor leuchtet der Screen in schrillen Farben. Bunte Kreisel drehen sich, zuerst nach rechts und dann nach links. Ich könnte …

Das bekannte Schnarren ertönt, als ich ihn aktiviere. Auf meinem Bankkonto ist die Anzahlung für das Projekt immer noch nicht verbucht. Leicht sauer schalte ich aus. Am Montag werde ich Herrn Grossueli mal kontaktieren. Ich schlage mir die Nächte um die Ohren, um Ordnung in das Chaos zu bringen, und der lässt sich alle Zeit der Welt, seinen vertraglichen Verpflichtungen nachzukommen.

Emma

Ich lehne mich an die Wand, streiche über meinen Bauch. Sarah hat ja recht. Ich habe mich gehenlassen. Trotzdem hätte sie etwas mehr Mitgefühl zeigen können. Aber so ist sie. Businessfrau durch und durch. Hart mit sich selbst und ebenso hart mit den anderen. So war sie schon immer. Eine Streberin, eine, die nach oben will. Ob sie das schafft, jetzt wo sie Kleinunternehmerin ist? Ich zucke mit den Achseln. Mir kann es egal sein. Ich bin halt nicht so. Mir ist meine Familie wichtiger als eine Karriere.

Langsam watschle ich in die Küche. Schaue mich um. Gleich werden die Kinder von der Spielstunde zurückkommen. Mit zitternden Händen lade ich das schmutzige Geschirr in die Spülmaschine. Räume die Reste des Frühstücks weg und decke den Tisch für die Kinder. Brot, Käse und Kakao. Das Übliche.

Für Herbert und mich soll es ein besonderer Abend werden. Im Kühlschrank liegt ein Paket geräucherter Lachs. Im Vorratsschrank eingelegte Anchovis und eine Dose Schinkenaspik. Es müsste noch irgendwo Pumpernickel sein. Ich durchstöbere den Vorratsschrank und werde fündig. Davon werde ich kleine Häppchen machen. Dazu ein Glas Weißwein, schön kühl. Ich will ihn heute verwöhnen, wenn die Kinder im Bett sind. Mit Hingabe bereite ich die Häppchen zu. Danach räume ich das Wohnzimmer auf, stelle Kerzen und Weingläser auf den Tisch.

Im Badezimmer versuche ich, mich aufzuhübschen. Die strähnigen Haare bearbeite ich mit einem Trockenshampoo. Seit meiner Schwangerschaft leide ich unter den schnell nachfettenden Haaren. Ich betrachte mich im Spiegel. Nicht ganz so gelungen, wie ich es erhofft habe. Zu den Frauen, die während ihrer Schwangerschaft aufblühen, gehöre ich mit Sicherheit nicht.

Die Kinder sind im Bett. Der Tisch im Wohnzimmer ist gedeckt. Zwanzig Uhr. Ich lausche in die Dämmerung. Nichts. Noch eine halbe Stunde werde ich warten. Wenn er bis dann nicht hier ist, gehe ich schlafen.

Endlich! Die Eingangstür wird aufgestoßen. Tief einatmen, Emma.

Herbert kommt ins Wohnzimmer. Er macht große Augen. »Was soll denn das?«, fragt er barsch.

»Ich wollte dir eine Freude machen und habe etwas vorbereitet, damit wir es uns wieder mal gemütlich machen können.« Tränen steigen in mir auf. Weshalb ist er schon wieder so?

»Ich habe bereits gegessen, im Büro.«

»Es sind nur ein paar Häppchen. Die, die du immer so magst, und ein Glas Wein dazu.«

»Wenn's denn sein muss.«

Herbert lässt sich in einen Sessel fallen.

Schnell stehe ich auf, halte ihm die Platte hin und schenke Wein ein.

Erstaunt schaut er mich an.

»Was ist los, Emma?«

»Ich möchte reden mit dir.«

»Über was?«

»Weshalb kommst du immer so spät nach Hause? Deine Überstunden sind doch eine Ausrede.« Nun ist es raus. Angriff von vorn, nicht lange darum herumreden.

»Ähm …« Er nimmt ein Häppchen. »Hm, lecker.«

»Lenke nicht vom Thema ab.«

»Auch einen Schluck Wein?« Herbert nimmt mein Glas.

»Nein, ich bin schwanger, schon vergessen?« Meine Stimme wird etwas schrill.

»Hab ich nicht.« Er nimmt einen tiefen Schluck. »Genau das macht mir zu schaffen. Deshalb habe ich die Stunden am Abend im Büro verbracht. Ich will dieses Baby nicht. Ich fühle mich überfordert mit allem, auch finanziell. Mit Markus und Ruth haben wir das Gröbste überstanden. Und jetzt fangen wir nochmals von vorn an. Keine Nacht mehr durchschlafen. Windeln. Babyfutter. Keine spontanen Unternehmungen mehr. Die Tage werden sich nur noch um das Baby drehen. Ich mag nicht nur für meine Familie arbeiten. Ich möchte auch mal etwas Spaß haben. Die Ferien, die Wochenenden genießen. Aber das geht mit dem Baby nicht mehr. Ich fühle mich eingeengt, betrogen. Verdammt nochmal, ich bin jetzt fünfundvierzig und habe ein Anrecht auf etwas Freiheit.«

»Du wolltest es doch auch.« Meine Stimme zittert.

»Nein. Du hast mich dazu gedrängt.«

»Ich … ich habe dich nicht gedrängt. Wir haben es vorher besprochen.«

»Besprochen? Bespricht man sowas vorher? Ach was, lassen wir das. Es ist jetzt nun mal so. Aber merke dir, ich werde mir in Zukunft mehr Freiheiten herausnehmen. Ich habe mich in einem Squash-Club angemeldet und werde jeden Samstagnachmittag dort sein. Ich bin nicht bereit, für dieses Baby auf all meine Vergnügen zu verzichten. Musst halt schauen, wie du damit zurechtkommst. Ist ja dein Kind.«

Wie versteinert schaue ich ihn an. Er will dieses Kind nicht. Ich soll selbst zusehen, wie ich das alles schaukle. Wie ein Roboter stehe ich auf, blase die Kerzen aus, nehme die noch halbvolle Platte mit den Häppchen und die Flasche Wein und verschwinde in der Küche. Dort stelle ich alles auf den Tisch und schlurfe ins Schlafzimmer.

Ich ziehe mich aus, streife das Nachthemd über und lege mich ins Bett. Meine Augen starren ins Dunkel. Tränen habe ich keine mehr.

Der Rückschlag

Seit sechs Wochen sitze ich schon an diesem Projekt und den Knoten habe ich noch lange nicht gelöst. Das furchtbare Chaos lässt mich mehr und mehr an der Arbeit von Herrn Müller zweifeln. Und die Kohle ist auch noch nicht auf meinem Konto verbucht, obwohl ich Herrn Grossueli schon mehrmals darauf hingewiesen habe.

Die Antwort war immer: »Die Buchhaltung, Frau Vogt, ist im Moment sehr im Verzug. Aber Sie werden das Geld erhalten. Haben Sie noch etwas Geduld.«

Langsam ist die aber am Ende. Ich lebe nicht nur von der Luft und der Liebe. Ich lache auf, von der Liebe schon gar nicht. Da ist tote Hose.

Vielleicht hätte ich Manolo doch eine Chance geben sollen? Ich schüttle den Kopf. Besser nicht. Obwohl, diese Nacht … Schnell wische ich sie aus meinem Kopf. Sie war schön, ja, ohne Zweifel, und so will ich sie in Erinnerung behalten.

Von Bruno habe ich schon lange nichts mehr gehört. Er wollte sich bei mir melden. Mal zusammen ausgehen, hat er gesagt.

»Wenn der Prophet nicht zum Berg kommt, muss der Berg zum Propheten gehen«, murmle ich und greife zum Handy. Neunzehn Uhr, da müsste er zu Hause sein.

Ich wähle seine Nummer.

»Du, Sarah?«

»Ja, ich. Ich hätte Lust auf einen Wein. Hast du Zeit heute Abend?«

»Hm … wo?«, kommt es zögernd zurück.

Er scheint nicht in Gesprächslaune zu sein.

»Der Abend ist so schön, ich bringe eine Flasche Wein mit und wir könnten uns auf der Pfalz treffen. Chips habe ich auch noch«, ergänze ich schnell.

»Ja, okay. Wann?«

»In einer Stunde bin ich dort.«

»Ist gut.« Er hat aufgelegt.

Was ist dem denn über die Leber gekrochen? Ach egal! Er wird es mir erzählen.

Im Kühlschrank liegt eine Flasche Riesling, Raoul hat sie mir mitgegeben. Ich packe sie in eine Kühltasche, lege zwei Gläser dazu und eine Packung Chips.

Von Weitem sehe ich Bruno auf der Brüstung der Pfalz sitzen. Ich eile über den Münsterplatz.

»Grüß dich, Bruno. Mensch, wie lange haben wir uns nicht mehr gesehen? Eine Ewigkeit.«

»Sarah.« Er rutscht von der Brüstung und betrachtet mich von oben bis unten. »Ja, sehr lange. Die Arbeit frisst mich auf und dann noch die blöde Pendelei von Basel nach Zürich, das nimmt so viel Zeit in Anspruch. Aber jetzt sehen wir uns ja.« Ein typischer Bruno-Satz.

»Alles gut.« Ich gebe ihm einen Kuss auf die Wange

und nehme den Wein und die Gläser aus der Kühltasche. »Kannst du bitte die Flasche öffnen, hier ist der Korkenzieher.«

Mit einem leisen Plopp gleitet der Korken aus dem Flaschenhals. Bruno schenkt ein und gibt mir ein Glas. »Prost, Sarah. Dein Geschäft, läuft es?«

»Großes Chaos.« Ich nehme einen Schluck. »Wie die mit solchen Abläufen Geschäfte machen konnten, ist mir ein Rätsel. Ich habe den Knoten auch nach sechs Wochen noch nicht gelöst. Sitze praktisch Tag und Nacht an dem Projekt. Sechs Monate habe ich Zeit, inklusive der Implementierung. Aber das sollte reichen, und sie bezahlen gut.«

»Wie heißt die Firma noch mal?«

Ich nenne den Namen und reiße die Chipspackung auf. »Willst du auch?«

Er nimmt eine Handvoll aus der Tüte. »Ich hab da kürzlich irgendwo etwas über die Firma gelesen.« Er runzelt die Stirn. »Hab den Artikel nur kurz überflogen. Hm, war nicht so … ich weiß nicht. Ich werde mal schauen, ob ich im Internet noch was finde.«

»Schlecht oder gut?«

»Komisch jedenfalls. Mach dir keine Gedanken. Ich such den Artikel und schicke ihn dir. Übrigens, der Wein ist lecker.« Er betrachtet das Etikett. »Elsass. Ja die haben einen guten Weißen.«

»Den habe ich von Raoul, einem Freund von Mischa, der in meiner Clique trommelt, bekommen.«

»Aha, Mischa, dein Freund?«

Ich lache auf. »Nee, nee, Mischa ist zwar ein Freund, aber nicht so, wie du denkst.«

»Sagen alle ›es ist nicht so, wie du denkst‹. Das hat meine Ex auch gesagt, als ich sie mit einem anderen erwischt habe.«

»Ach komm. Trinken wir die Flasche leer.« Ich halte ihm mein Glas hin.

Gedankenverloren schaue ich auf den Rhein hinunter. Hat Bruno die Scheidung von seiner Frau immer noch nicht überwunden? Wie lange ist das jetzt her? Er war bereits geschieden, als ich in der Firma angefangen habe. Komisch, so langsam sollte er darüber hinweg sein.

»Gehen wir noch irgendwo etwas essen?« Er reicht mir das leere Glas. »Nur Wein und Chips hält nicht lange an.«

»Wo?« Ich trinke mein Glas auch aus.

»An der Elsässerstraße gibt es einen Italiener, ziemlich neu. Er soll eine fantastische Pasta-Auswahl haben. Du könntest auch etwas auf deine Rippen vertragen.« Und wieder betrachtet er mich kritisch.

»Fein, let's go. Pasta mag ich in allen Variationen.« Ich stütze mich bei ihm ab und rutsche von der Brüstung herunter. Der Wein ist mir etwas in den Kopf gestiegen. Schweigend laufen wir den Münsterberg hinunter zum Barfüsserplatz.

»Lass uns die Straßenbahn nehmen. Es ist ziemlich weit bis zum Restaurant, und du bist nicht mehr ganz sicher auf den Beinen.« Bruno grinst breit und zieht zwei Tickets aus dem Automaten.

»Ich stehe mit beiden Beinen fest im Leben«, protestiere ich und demonstriere ihm gleich, dass ich auch noch auf einem Bein fest im Leben stehen kann. Allerdings wackle ich bedenklich hin und her.

Er lacht laut auf und hält mich am Arm fest. »Bevor du umfällst, unsere Straßenbahn kommt.«

Der Italiener erweist sich als schickes Restaurant der gehobeneren Klasse. Weiße Tischdecken. Auf jedem Tisch eine einzelne Stoffrose. Stoffservietten. Bunte moderne Teller und Silberbesteck.

»Bist eingeladen.«

Hat er an meinem Gesichtsausdruck gesehen, dass das Restaurant eine Nummer zu groß für mich ist? Möglich.

Der Kellner weist uns galant einen Tisch zu und reicht die Karte.

»Fangen wir mit einem Glas Weißwein an, du auch?«, fragt Bruno.

»Ja, und ein Wasser bitte, meine Ente!«

»Kannst bei mir schlafen.«

Seine Worte von damals kommen mir in den Sinn, als ich das Büro geräumt habe. Wir würden gut zusammenpassen. Wir würden jeden Kuss analysieren und dabei hat er gegrinst.

»Ich meine das ernst. Du könntest im Bett schlafen, ich auf der Couch im Wohnzimmer. Sarah«, er streicht über meine vernarbte Hand, »ich tu dir nichts. Aber wir haben eine Flasche Wein gehöhlt und so, wie ich dich kenne, hast du heute noch nicht viel mehr als die paar Chips gegessen. Für die Polizei wärst du ein gefundenes Fressen, wenn sie dich erwischen. Also denk darüber nach.«

Der Kellner erscheint mit dem Wein und präsentiert uns das Etikett. Nach Brunos Nicken schenkt er ein.

»Prost Sarah. Gute Idee, dass du mich angerufen hast. Ich wäre sonst wieder versauert zu Hause.«

»Wieso denn das?«

»Ach, mein Leben ist …«

Der Kellner kommt zurück und fragt nach unseren Wünschen.

»Wir haben die Karte noch nicht studiert«, sagt Bruno.

Etwas hochnäsig zieht sich der Kellner zurück.

»Sarah, was möchtest du?«

Unschlüssig hebe ich die Schultern.

»Ich nehme die Ravioli mit Pilzen und dann das Carpaccio.«

»Dann nehme ich das Gleiche«, erwidere ich.

»Rotwein? Vielleicht einen Chianti?«

»Eine Flasche?«

»Ja, eine Flasche.« Bruno bedeutet dem Kellner, dass er jetzt die Bestellung aufnehmen kann.

»So, und nun erzählst du mir, weshalb du zu Hause versauerst. Was ist los, Bruno?«

»In der Bude stimmt einiges nicht. Der Oberboss hat sich in das Hauptgeschäft nach Kalifornien abgesetzt. Evelyne hat seinen Job übernommen. Du kennst sie. Ihre

Anweisungen sind unmöglich, müssen aber exakt ausgeführt werden. Von Eigeninitiative kann ich nur träumen. Ich komm mir manchmal wie ein kleiner dummer Junge vor.«

»Dann such dir was anderes. Du bist ein guter Analytiker.«

»Hab ich doch, es ist aber nicht so einfach, ich bin zu teuer auf dem Arbeitsmarkt.«

Nun muss ich lachen. »Das war bei mir auch so, wenn du wüsstest, durch welche Odyssee ich gegangen bin, als ich nach einem Job gesucht habe. Ich habe schließlich einen gefunden. Kloschüsseln zählen.«

»Kloschüsseln zählen? Schade, dass ich das nicht live erleben durfte. Die Superanalytikerin Sarah zählt Kloschüsseln.«

Wir lachen beide laut auf. Das ältere Paar links von unserem Tisch schaut uns strafend an.

Der erste Gang wird serviert. Ich erzähle Bruno, dass es Mischa war, der mir geraten hat, mich selbstständig zu machen.

»Den Rest weißt du ja.« Ich putze meinen Teller leer, »wirklich lecker, die Ravioli.«

Bruno schenkt Wein nach, »auf dich, Sarah, auf dein Geschäft, du ... du bist eine tolle Frau.«

Ich spüre, wie mir die Röte ins Gesicht schießt. »Danke, jetzt machst du mich verlegen.«

»Das habe ich ernst gemeint, Sarah. Du wirst es nach oben schaffen.«

»Vielleicht, abwarten. Du vergisst nicht, mir diese Information zu schicken, ja?«

»Klar, kein Problem.«

Der zweite Gang schmeckt ebenso lecker wie der erste.

»Ich kann leider nicht alles hinschmeißen so wie du«, nimmt Bruno den Faden wieder auf. »Ich habe finanzielle Verpflichtungen. Aber vielleicht, wenn dein Geschäft läuft, könnte ich dich unterstützen. Wir waren doch immer ein gutes Team.« Er streicht über meine Hand.

Ich betrachte ihn. Wäre das eine gute Idee? Aber zuerst müsste ich Fuß fassen. »Man könnte darüber nachdenken, Bruno. Tja, weißt du, ich habe keine Ahnung, ob mein Geschäft läuft. Ich habe gerade mal ein Angebot. Für zwei wäre das zu wenig. Ich muss zuerst selbst klarkommen damit.«

»Ich habe ja gesagt, sobald deine Bude läuft.« Er nimmt die Karte in die Hand, »wollen wir noch einen Nachtisch bestellen?«

»Nein, ich bin so was von satt.«

»Dann zahle ich mal.« Er winkt dem Kellner.

Als ich aufstehe, wanke ich leicht. Es war eindeutig zu viel Wein.

Bruno nimmt mich am Arm. »So fährst du nicht mehr. Ich bestelle ein Taxi und wir fahren zu mir. Keine Widerrede.«

Er führt mich aus dem Restaurant.

Sarah, du solltest nicht so viel saufen, vor allem, wenn du mit einem Mann zusammen bist.

186

Bruno wohnt im Gundeldingerquartier, direkt hinter dem Bahnhof, in einem tristen Mietshaus, dritter Stock.

Ich stolpere die Treppe hoch, die kein Ende nimmt.

Sanft schiebt er mich in die Wohnung. »Du setzt dich jetzt in diesen Sessel, ich beziehe inzwischen das Bett.«

Er verschwindet. Kurz darauf kommt er mit einem Pyjama in der Hand zurück. »Für die Nacht.«

Das hatte ich doch schon mal, am Donnerstagmorgen nach der Fasnacht, fliegt es mir durch den Kopf. Das Zimmer dreht sich mittelschwer, als ich stehe.

Bruno schubst mich ins Schlafzimmer. »Voilà, dein Reich. Schlaf gut, Sarah.« Leise zieht er die Tür zu.

Schwer lasse ich mich aufs Bett fallen. Es schwankt wie ein schlingerndes Schiff auf hohen Wellen. Die Laken riechen nach blumigem Weichspüler. Immer wenn ich zu viel Alkohol intus habe, lande ich in einem anderen Bett. Angefangen bei Mischa, dann Manolo und jetzt Bruno. Meine letzten Gedanken, bevor mich der Schlaf umfängt.

Kirchenglocken wecken mich. Mir brummt der Schädel. Wo bin ich? Allmählich kommt die Erinnerung zurück. Bruno! Der Pyjama! Das Bett! Mein Gott! Ich schäme mich! Ich hangle mich aus dem Bett. Die Pyjamahose rutscht. Ich ziehe sie hoch und öffne leise die Tür. Kaffeeduft weht mir entgegen und Geschirrklappern tönt aus der Küche. Ich gehe rein.

»Guten Morgen. Gut geschlafen?« Bruno lächelt mich an.

»Wie ein Stein. Aber mein Kopf!«

»Kaffee?«

Ich nicke.

»Brauchst ein Aspirin?«

»Geht schon wieder.« Der Kaffee ist schwarz wie die Hölle. Der erste Schluck brennt in der Kehle.

»Frische Badetücher liegen in der Dusche.«

»Danke.« Die Hose festhaltend verlasse ich die Küche. Ich spüre Brunos Blicke im Rücken.

Die heiße Dusche weckt meine Lebensgeister. Ich klatsche mir kaltes Wasser aufs Gesicht. Mein Kopf fängt langsam wieder an zu funktionieren. Nachdem ich mich einigermaßen auf Vordermann gebracht habe, was mit nicht vorhandenem Schminkzeug gar nicht so einfach ist, trotte ich in die Küche zurück.

»Möchtest du was essen?«

»Ich bringe nichts runter, aber vielleicht noch einen Kaffee.«

»Kein Problem, setz dich.«

Schweigend trinken wir.

Nachdem meine Tasse leer ist, stehe ich auf. »Ich glaube, ich sollte jetzt nach Hause fahren. Vielen Dank für das Asyl heute Nacht.«

»Nichts zu danken. War ein schöner Abend mit dir. Das müssen wir demnächst wiederholen.« Wieder grinst er breit.

»Dann aber nur mit Wasser.«

»Klar, nur Wasser.« Auch er steht auf.

Unbeholfen stehen wir uns gegenüber. Einen Wimpernschlag lang treffen sich unsere Blicke. Ich wende mich verlegen ab.

»Sarah!«

»Ja?«

»Ach nichts. Komm gut nach Hause.«

Am Mittwoch erhalte ich gleichzeitig mit einem Schreiben von Herrn Grossueli den versprochenen Internetauszug von Bruno.

Herr Grossueli bedauere es sehr, mir mitteilen zu müssen, dass er infolge Insolvenz, die seine Firma angemeldet hat, meine Arbeit an dem Projekt nicht mehr benötigt.

Ich starre auf die beiden Dokumente, bis der Bildschirm sich in kleine Punkte auflöst. Dann breche ich in Tränen aus. Alles futsch. Keine Arbeit! Kein Geld! Keine Zukunft!

Das Dating

Wie belämmert krieche ich aus dem Bett und tappe ins Badezimmer. Trotz der zwei Schlaftabletten bin ich erst gegen drei Uhr morgens eingeschlafen. Ich kühle meine verschwollenen Augen mit kaltem Wasser. Hilft aber nur wenig. Danach stelle ich mich unter die Dusche. Hilft ein bisschen mehr. Ins Badetuch eingewickelt gehe ich nach unten und braue Kaffee. Der hilft tatsächlich.

Dann fahre ich den Computer hoch und lese erneut die E-Mail von Grossueli. Der Text hat sich seit gestern nicht verändert. Auch der Auszug, den Bruno mir geschickt hat, ist derselbe geblieben. Ich kontrolliere meinen Kontostand. Die zehntausend Franken sind nicht eingegangen.

»Mist.« Was soll ich jetzt tun? Diesen Grossueli anrufen und ihm mit einem Anwalt drohen? Nützt wahrscheinlich nicht viel und die Anwaltskosten müsste ich zuerst mal selbst stemmen. Wenn der Insolvenz angemeldet hat … ach Scheiße!

Eine ganze Weile sitze ich so da. Weshalb habe ich dumme Kuh der kleinen Klitsche abgesagt. Aber nein, ich wollte ja hoch hinaus.

Selber schuld, Sarah. Warum gibst du dich nicht mit kleinen Brötchen zufrieden. Hoch hinaus! Ha!

Ich muss mit jemandem reden. Eilig laufe ich ins Schlafzimmer, schlüpfe in Jeans und eine Bluse. Mischa? Ja, ich werde zu Mischa fahren. Oder besser doch nicht?

Ich lege mich aufs Bett, verschränke die Arme über dem Kopf und überlege. Ich muss meine Probleme allein lösen, kann nicht dauernd irgendwohin rennen, wenn es mal brennt.

Lange liege ich so da. Mein Hirn arbeitet. Neue Offerten schreiben, das ist klar, und alle Kleinaufträge annehmen, das ist ebenso klar. Kleinmist macht auch einen großen Haufen.

Ich seufze. Im Büro kontrolliere ich die Offerten, die ich bereits geschrieben und weggeschickt habe. Anschließend suche ich im Internet nach neuen möglichen Kunden.

Als ich meinen Blick vom Computer löse, ist die Sonne hinter dem Wald verschwunden. Meine Augen brennen, der Rücken fühlt sich wie gebrochen an und mir knurrt der Magen.

Im Kühlschrank herrscht Ebbe.

Die Ente springt willig an, so als wüsste sie von dem Notstand in meinem Kühlschrank.

Der kleine Supermarkt im Dorf hat alles, was eine alleinstehende Frau, die nicht kochen kann, braucht.

Ich lege eine Schachtel Eier, Käse, Butter, Schinken, Knäckebrot, ein abgepacktes Brot, das mit den verschiedenen Konservierungsstoffen sehr lange hält, und natürlich meine geliebten Joghurts in den Einkaufskorb.

Wieder zu Hause belege ich ein Knäckebrot mit Käse und Schinken und lümmle mich vor den Computer. Ein paar Offerten mehr muss ich noch schreiben. Kauend öffne ich die gespeicherten Adressen. Nach zwei Stunden habe ich fünf mögliche neue Kunden angeschrieben. Das reicht erst einmal.

Ich lehne mich zurück. Was mache ich jetzt mit dem angefangenen Abend? Mit Emma telefonieren oder Mutter? Ich verwerfe beides und fläze mich in den Großmuttersessel.

Die Tage schleichen. Die Rückmeldungen bleiben aus. Niemand rennt mir die Bude ein. Keiner scheint mein Wissen zu brauchen. Nur der Postbote interessiert sich für mich. Er bringt mir das offizielle Kündigungsschreiben von Herrn Grossueli.

Um mich abzulenken, habe ich Wandfarbe gekauft und das Schlafzimmer frisch gestrichen. Anschließend habe ich die Küche entrümpelt. Was sich da so alles angesammelt hat, unglaublich. Dazwischen stürze ich immer wieder an den Computer. Ich will auf keinen Fall eine wichtige E-Mail verpassen. Eine E-Mail, die eine sofortige Antwort erfordert.

Ende der Woche, und als immer noch keine Rückmeldungen eingetroffen sind, stürze ich in ein tiefes Loch. Verzweifelt versuche ich, Mischa anzurufen. Er meldet sich nicht. Um neun Uhr falle ich ins Bett. Doch der ersehnte Schlaf, der mich von meinen trüben Gedanken erlösen sollte, kommt nicht. Um Mitternacht stehe ich wieder auf und tigere im Haus umher. Kontrolliere mein Bankkonto. Doch es ist immer noch die Summe wie anfangs der Woche.

Morgen werde ich Mischa besuchen. Ich brauche ein paar Streicheleinheiten.

Mischa ist dabei, die Tür abzuschließen, als ich außer Atem vor der Boutique eintreffe.

»Ja Sarah?«

Mit hängenden Armen bleibe ich stehen.

»Was ist los?«

Ich fühle, wie Tränen in mir aufsteigen. Ich will aber nicht weinen, ich will stark sein. Keine Heulsuse. Er öffnet die Tür und drückt mich sanft auf einen Sessel.

»Und nun erzählst du mir, was los ist.«

»Ach Mischa. Das Projekt ist gestorben. Die Firma hat Insolvenz angemeldet. Ich hab wie ein Ochse daran gearbeitet, deswegen andere Aufträge abgelehnt. Weil … ich wollte …« Nun kann ich die Tränen doch nicht zurückhalten.

»Was wolltest du?«

»Hoch hinaus.« Ich putze den Rotz mit der Hand weg. »Wenn ich das gut hinbekommen hätte, und das hätte ich, da bin ich mir sicher, wäre der Weg nach oben ein Leichtes gewesen.«

»Mag sein, aber das weiß man nie so recht, besonders,

wenn man selbstständig ist. Da spielen viele Faktoren eine Rolle.«

»Ich bin mir sicher, dass dieses Projekt meinen Weg geebnet hätte. Und nun steh ich da und die Anzahlung habe ich auch nicht bekommen. Jedes Mal, wenn ich nachgefragt habe, gab es eine lausige Ausrede.«

»Du könntest einen Anwalt nehmen. Zumindest die Anzahlung kannst du geltend machen.«

»Ich bin doch das letzte Rad am Wagen. Vor mir gibt es ganz sicher jede Menge Gläubiger, die mehr Rechte haben als ich.«

»Das kann man nicht wissen. Ich wüsste dir einen guten Anwalt, und gar nicht mal so teuer.«

»Nee, lass mal«, winke ich ab.

»Und nun, wie geht es weiter?«

»Ich habe Offerten verschickt, natürlich noch keine Antworten bekommen. Vermutlich bin ich zu teuer und zu alt. Da tummeln sich all die jungen, smarten Berufsabgänger mit ganz, ganz viel Erfahrung und ganz, ganz billig.«

»Hm.« Mischa betrachtet mich. »Wenn man als Selbstständige allein für das Einkommen sorgen muss, ist es doppelt schwer, eine gesicherte Existenz aufzubauen. Mit einem Partner wäre das alles viel leichter.«

»Hast du auch Probleme?«

Mischa lacht. »Die Boutique läuft nicht schlecht, okay, es könnte besser sein. Nein, ich habe Schulden bei Raoul, aber aus einem ganz anderen Grund.«

Ich betrachte die Broschen, Armbänder und die bunten Seidenschals auf der Kommode. Gedankenverloren streife ich ein Armband über das Handgelenk. Solchen Tinnef werde ich mir nicht mehr leisten können.

Ich drehe mich um. »Mischa, ich bin bereit, alles zu tun, damit mein Business in Fahrt kommt. Nur eins werde ich nicht mehr machen, Kloschüsseln zählen.«

Mischa lacht. »Gehen wir was essen und dann überlegen wir, wie du weitermachen könntest, obwohl ich von deiner Arbeit etwa so viel verstehe wie ein Elefant vom Tanzen.«

Die ›Harmonie‹ am Petersgraben ist gut besucht. Wir zwängen uns auf eine lange Bank zwischen die anderen Gäste.

»Magst du Wurstsalat, den kann ich sehr empfehlen.«

»Ja, und ein Bier dazu.«

Mischa winkt der Bedienung. »Für mich noch eine Portion Pommes. Du auch?«

»Nein, Wurstsalat ist gut.«

Während wir aufs Essen warten, betrachte ich die fröhlichen Menschen rund um mich. Ich möchte auch wieder einmal unbeschwert sein.

Wurstsalat, Pommes und zwei Bier stehen vor uns.

»So, und nun zu deinem Problem. Hast du schon einmal dran gedacht, einen Partner an deine Seite zu holen? Einen, der bereits die Füße fest auf dem Boden hat? Einen, der ein finanzielles Polster mitbringen kann?«

Ich schüttle den Kopf und denke sofort an Bruno. Doch

der hat kein finanzielles Polster im Rücken, der ist arm wie ich, vielleicht sogar noch ärmer mit seinen Verpflichtungen gegenüber der Ex-Frau und den Kindern.

»Schade. Dann such doch jemanden im Internet.«

»Meinst du?«

»Ja klar. Das ist eine Möglichkeit. Ich hatte das zuerst auch vor mit meiner Boutique, habe es dann aber wieder verworfen. Ich bin gerne mein eigener Herr und Meister. Vor allem in der Modebranche müssten solche Partner schon sehr gut harmonieren, im Bezug auf Geschmack und Design.«

»Siehst du, ich bin auch gerne unabhängig, aber ich könnte ja mal auf die Suche gehen.«

»Tu das. Ich denke, in deiner Profession könnte es funktionieren. Sarah Vogt und Partner klingt doch nicht übel.«

Ich hebe die Schultern und nicke zögernd.

»Dann mach dich mal auf die Suche, das Internet ist voll von solchen Inseraten. Aber bevor du dich irgendwie bindest, bitte komm zu mir, damit wir es zusammen anschauen. Vier Augen sehen mehr als nur zwei, und meine Augen schauen auf ganz andere Dinge als deine. Versprichst du mir das?«

»Ja, mache ich, falls ich irgendwann mal jemanden finden sollte, der mit mir zusammenarbeiten möchte. Weißt du, ich bin nicht einfach.«

Mischa lächelt. »Das weiß ich, das ist mir schon bei unserem ersten Treffen aufgefallen, aber ich mag ›nicht einfache Frauen‹. Wie geht es übrigens Emma?«

»Gesundheitlich gut, moralisch nicht so. Das Baby belastet die Ehe. Ich hoffe, dass sie sich inzwischen mit Herbert ausgesprochen hat.«

»Das tut mir leid. Grüß sie, wenn du sie siehst.«

Das schlechte Gewissen steigt in mir hoch. Ich sollte mich mehr um sie kümmern. Denn eigentlich ist sie eine bedauernswerte Person. Sie glaubte zwar, dass sie glücklich ist, das scheint vorbei zu sein.

»Ihr beide seid schon sehr unterschiedlich«, reißt Mischa mich aus meinen Gedanken. »Du groß, schlank, selbstbewusst – manchmal jedenfalls«, er grinst, »deine Schwester, nun ja, eine Frau, die aufgeht in ihrer Familie.«

»Sie kommt nach Mutter und ich … keine Ahnung, nach wem ich komme. Manchmal denke ich, dass ich adoptiert worden bin.«

»Das hätten deine Eltern dir sicher gesagt.«

Schweigend zerkrümle ich eine Fritte, die auf dem Tisch liegt. Seufze. »Weißt du, weshalb ich so verbissen auf Karriere aus bin, Mischa? Seit meinem sechzehnten Lebensjahr habe ich den Wunsch verspürt, nach oben in die Teppichetage zu kommen. Mit der Teppichetage wird es jetzt wahrscheinlich nichts mehr, aber zur brillanten Analytikerin, von der man spricht, das ist immer noch möglich. Ich wollte einfach nicht so leben wie die Eltern und meine Schwester. Jedes Mal, wenn ich dort zu Besuch bin, legt sich ein Druck auf meine Brust. Es ist

alles so kleinlich, so engstirnig. So möchte ich nicht sein.«
Mischa streicht mir über die Hand. »So wirst du niemals sein.«

Am anderen Tag mache ich mich sofort auf die Suche nach möglichen Partnern. Mischa hat recht, das Internet ist voll davon. Dass mir das selbst nicht in den Sinn gekommen ist?

Stunde um Stunde klicke ich mich durch die Angebote. Seriöse Herren und noch seriösere Damen schauen mich an. Und was die alles können! Ich komme mir richtig minderwertig vor. Den Himmel auf Erden versprechen sie. Nur wenn ich etwas tiefer recherchiere, bin ich diejenige, die das Geld mitbringen muss.

Also nichts. Aber wo finde ich das, was ich suche?

Ich lehne mich zurück. Vielleicht in einer Dating-App? Nee, wahrscheinlich eher nicht. Die vermitteln doch Ehepartner. Hm. Kann ja nichts schaden, wenn ich mich da mal bei einer anmelde. Wieder denke ich scharf nach. Tinder wohl weniger.

Ich surfe in den verschiedenen Angeboten und stoße auf eine Seite ›50plus-treff‹. Ich bin zwar noch nicht fünfzig, aber lange dauert es nicht mehr, bis ich diese Schwelle überschreite.

Beim Anmelden schummle ich ein bisschen. Ich bin ja nicht auf der Suche nach einem Mann als solches, sondern nach einem Geschäftspartner und kreuze ›Freundschaft – Freizeit‹ an. Drücke auf ›senden‹.

Stolz auf meine Eingebung genehmige mir ein Glas Wein. Ich bin gespannt und freue mich auf die Kontakte.

Schon am nächsten Tag habe ich vier Anfragen, Männer zwischen fünfundfünfzig und sechzig Jahren, die sich für mich interessieren. Alle vier sehen auf den Fotos ziemlich smart aus. Meine Entscheidung fällt auf einen Mittvierziger, Martin, er sucht eine intelligente Frau, mit der er sich über alles möglich austauschen kann. In Klammern steht spätere Heirat nicht ausgeschlossen, was für mich allerdings nicht in Frage kommt, aber das muss ich ihm ja nicht unter die Nase reiben. Er arbeitet als Freelancer für eine der internationalen Pharmafirmen in Basel. Das klingt schon mal gut. Ich bekunde sofort mein Interesse und nach einem kurzen Chat steht mein erstes Date. Am nächsten Sonntag wollen wir uns im Café neben dem Beyeler-Museum in Riehen treffen.

Es läuft im Moment eine sehenswerte Ausstellung von Mark Rothko, die könnten wir zusammen anschauen, hat er gechattet. Ich interessiere mich nun nicht besonders für den abstrakten Expressionismus, aber egal, ich lass mich gerne überraschen. Jedenfalls scheint dieser Martin vielseitig interessiert zu sein.

Punkt fünfzehn Uhr sitze ich im Café. Ich habe mich mit Sorgfalt gekleidet. Keine Jeans, nein, eine sehr brave Stoffhose, eine Bluse und ein leichter Schal. Die Sonne hat heute eine Pause eingelegt. Ich schaue mich dezent um. Wir haben beschlossen, dass er eine ›Bilanz‹ in der

Hand halten wird. Martin scheint noch nicht hier zu sein. Kurze Zeit später, die Bedienung bringt mir gerade einen Kaffee, kommt ein großgewachsener Mann auf mich zu. Graumeliertes volles Haar, eine runde Nickelbrille, die ihn intellektuell aussehen lässt, und in der Hand trägt er die ›Bilanz‹. Ich nicke ihm zu.

»Sarah?« Er begrüßt mich, sein Händedruck ist fest. »Darf ich?« Er lässt sich auf den Stuhl nieder. »Schön, dass wir uns heute kennenlernen.« Er legt die ›Bilanz‹ auf den Tisch und streicht sie glatt. »Wir müssen nachher unbedingt noch die Ausstellung besuchen. Ich habe sie schon dreimal gesehen. Ich liebe Rothko. Ein grandioser Maler. Aber zuerst nehme ich auch einen Kaffee.« Er winkt der Bedienung. »Darf ich du sagen? Ich bin der Martin. Es lässt sich beim Du doch viel leichter plaudern.«

Die Bedienung bringt den Kaffee.

»Ich glaube, dass wir sehr gut zusammenpassen. Deine Vita hört sich interessant an.« Er betrachtet mich kurz, bevor er fortfährt: »Du bist selbstständig, habe ich gelesen. Ist das nicht unerhört schwer für eine Frau, sich in der Männerwelt durchzusetzen? Frauen sind doch dafür nicht geschaffen.«

Ich versuche etwas zu sagen. Keine Chance.

»Ich sehe das in den Firmen, wo ich arbeite, die Frauen sind meistens Sekretärinnen oder sortieren die Post oder so was Ähnliches. Aber selbstständig und dann noch in einem Männerberuf!« Sein Blick fällt auf meine Hand.

»Um Gottes willen, das sieht aber nicht gut aus. Hast du schon mit einem Chirurgen gesprochen? So was kann man sicher operativ richten.« Meine Hand scheint ihn nicht weiter zu interessieren, denn er steht auf, zieht seine Geldbörse aus der Hosentasche: »Ich zahle jetzt, soll ich deinen Kaffee mitzahlen, oder wollen wir gleich zu Anfang getrennte Kassen haben? Ich finde getrennte Kassen eleganter.«

Wieder kann ich nur nicken, klaube meine Geldbörse aus der Tasche und legen einen Fünffrankenschein auf den Tisch.

»Hier ist dein Rückgeld«, er legt zwanzig Rappen auf den Tisch, »können wir, die Ausstellung schließt, glaube ich, in einer Stunde?«

Während wir zum Museum hinüberlaufen, erfahre ich, dass er bei einer der großen Pharmafirma als Ingenieur für die Computerwartung in den Produktionsanlagen zuständig sei. Dass er als Freelancer sehr viel mehr Kohle mache, als wenn er dort angestellt wäre. Dass er eine tolle Attikawohnung direkt am Rhein gefunden habe, und dass er jedes Jahr im Winter nach St. Moritz zum Skilaufen fahre und im Sommer vier Wochen in Andalusien verbringe. In der Ausstellung erfahre ich alles über Rothko, seinen Pinselstrich und den Aufbau der Bilder.

»Malst du auch?«, unterbreche ich seinen Redeschwall.

»Um Gottes willen, nein, das wäre nichts für mich, Kunst ist ja was Schönes, aber die meisten Künstler nagen am Hungertuch.«

»Hätte ja sein können, weil du so viel weißt.«

»Ich befasse mich sehr mit Malerei und den Künstlern. Auch die Musik ist eines meiner Lieblingsthemen. Bach, Beethoven, Grieg, Mozart. Aber die sind alle in Armut versunken. Und du?«

Ich hebe die Schultern, lasse sie fallen. »Geht so.«

»Dann werde ich dir das nächste Mal, wenn wir uns sehen, etwas Nachhilfeunterricht geben.« Er betrachtet mich mitleidig.

Beim Abschied fragt er mich, ob wir uns nächste Woche zum Essen treffen könnten. »Ich kenne da ein sehr gutes veganes Restaurant.« Als ich nicht gleich antworte, ergänzt er: »Ich finde, wir essen viel zu viel Fleisch, deshalb bin ich seit einem Jahr auf vegan umgestiegen und ich fühle mich sehr wohl dabei.«

Ich schüttle den Kopf. »Nächste und auch die übernächste Woche bin ich total ausgebucht. Tut mir leid.«

»Ja dann. Ich melde mich wieder. Es war ein schöner Nachmittag. Mit dir zu plaudern, war sehr anregend.«

Wieder zu Hause lösche ich meinen Account bei der Dating-App. Vom vielen Plaudern habe ich eine total ausgetrocknete Kehle, haha, ich hole mir ein Glas Wein und fläze mich in den Großmuttersessel.

Familientag

Am Mittwoch war Mutters Geburtstag, feiern wollte sie ihn aber erst am Sonntag. »Damit alle Zeit haben. Unter der Woche ist das nicht möglich, Herbert zum Beispiel wäre nicht abkömmlich«, hat sie am Telefon gesagt, als ich ihr gratulierte.

Jedes Jahr lädt Mutter anlässlich ihres Geburtstags zum Essen ein. Heute findet dieser Familientag im ›Restaurant Rössli‹ in Allschwil statt. Es ist bekannt für seine gut bürgerliche Küche.

Allschwil hat noch einen richtigen Dorfkern, mit einem Dorfbrunnen, umrahmt von Fachwerkhäusern. Der Rest ist Schlafstadt von Basel. Ich parke die Ente hinter dem Restaurant. Offenbar bin ich die Erste, die beiden Autos von Vater und Herbert sehe ich noch nirgends.

Die Wirtin, eine behäbige Mittfünfzigerin, führt mich in den Raum, der für solche Zwecke reserviert werden kann. Ich zähle die Gedecke, wie jedes Jahr sind es neun.

Hedwig, die verwitwete Schwester von Mutter, und Luise, Vaters ledige Schwester, die es auch nicht so mit dem Heiraten hatte, sind wieder mit dabei.

Vom Raum führt eine Tür direkt in einen hübschen Garten.

Ein kleiner Fischteich, aus dem Schilf und anderes Gewächs aus dem Wasser wächst. Blumenkübel, üppig mit Geranien bepflanzt. Ein paar Bistrotische für Gäste, die nur etwas trinken möchten. In Gedanken stehe ich da, irgendwie unzufrieden, wie es mit meinem Geschäft läuft. Alles viel zu langsam. Ein paar kleinere Aufträge konnte ich in der vergangenen Woche an Land ziehen. Nichts Weltbewegendes, aber ein kleiner Lichtblick. Und ich habe eine Offerte an eine der Pharmafirmen in Basel geschrieben. Einfach so, ohne vorher anzufragen. Als dieser Martin mir erzählt hat, dass die beiden Pharmagiganten im Moment Aufträge im EDV-Bereich an Freelancer vergeben – sie wollen Stellen abbauen – habe ich mir einen Ruck gegeben und eine davon angeschrieben. Mehr als eine Absage können sie mir nicht schicken.

»Die Sarah ist schon hier, wie schön.« Ich drehe mich um. Es ist Mutter. Sie kommt mit ausgebreiteten Armen auf mich zu.

Im Schlepptau die beiden Tanten. »Sarah, liebe Sarah, wie schön, dass wir dich auch wieder einmal sehen.« Jedes Jahr das Gleiche, aber sie sind ja lieb, die beiden Tanten. Was haben sie denn noch vom Leben? Hm! Das könnte mir genau so gehen, irgendwann einmal.

Ich lächle. »Wie jedes Jahr zu Mutters Geburtstag. Wie geht es euch?«

»Sehr gut.« Tante Hedwig streicht mir über die Wange. »Du siehst gut aus. Eine erfolgreiche Businessfrau, hat mir deine Mutter gesagt.«

»Das mit dem Erfolg wird sich zeigen.«

Tante Luise klaubt ein kleines Päckchen aus ihrer Tasche und drückt es mir in die Hand. »Für dich, liebes Kind. Aber erst zu Hause öffnen.«

»Wie lieb, vielen Dank.« Ich lasse das Päckchen in die Tasche gleiten.

»Emma und Herbert sind auf dem Weg, wir können ja schon mal einen Apéro trinken. Zur Feier des Tages einen Crémant, einverstanden?« Vater klatscht in die Hände, die Bedienung saust herbei. Ich grinse. Vater, der Stille!

Ich ziehe das Geschenk für Mutter aus der Tasche. Eine Brosche mit Glitzersteinen, die ich bei Mischa gefunden habe. Er hat sie für mich in durchsichtiges Glanzpapier eingewickelt.

»Oh, die ist schön. Die passt wunderbar auf mein dunkelblaues Kostüm. Vielen Dank.« Strahlend gibt sie mir einen Kuss.

Das hast du gut ausgesucht, Mischa, denke ich und nehme das Glas entgegen, das Vater mir hinhält. Der Crémant perlt. Wir stoßen auf Mutter an.

Endlich sind auch Emma, Herbert und die Kinder eingetroffen. Emma hat ganz schön zugelegt, wie ich bemerke, als sie mit ihrem Watschelgang auf mich zukommt.

»Sag mal, werden es Zwillinge?«, flüstere ich ihr zu.

»Nein, ganz normal. Ich habe viel Fruchtwasser, hat der Arzt gesagt.«

»Wann ist es denn so weit?«

»Drei, vier Wochen noch. Ich bin froh, wenn es vorbei ist.«

»Herbert und du, klappt es wieder mit euch?«

»Wir gehen zu einem Eheberater, aber er freut sich immer noch nicht auf das Kind.«

»Das kommt bestimmt, wenn es dann da ist.« Ich betrachte sie. Ihr Gesicht ist aufgedunsen. Auch die Schminke kann den käsigen Teint nicht kaschieren. Sie tut mir echt leid. Das hat sie nicht verdient.

»Setzt euch bitte an den Tisch«, ruft Vater. »Es gibt zuerst eine Suppe, danach eine Forelle blau und dann einen gespickten Rindsbraten mit Bohnen und Kartoffeln. Als Nachspeise eine Eistorte. Mutter hat das ausgesucht.«

»Eistorte, Eistorte.« Ruth klatscht in die Hände.

»Aber erst musst du alles brav aufessen und jetzt sitz endlich ruhig und rutsch nicht so aufgeregt auf dem Stuhl herum«, tadelt Emma ihre Tochter.

Die Suppe wird serviert.

»Schade, dass Mischa keine Zeit hatte. Ich hätte mich so gefreut, ihn heute mit dabeizuhaben«, unterbricht Mutter die Stille.

»Er ist mitten in den Vorbereitungen für die Winterkollektion. Das nächste Mal wird er sicher mitkommen.«

Herbert schaut vom Teller auf. »Dieser Mischa, der an Ostern zu Besuch war?«

Ich nicke. »Ja, dieser Mischa.«

»Was hast du mit dem am Hut? Der ist doch schwul.«

Mir fällt der Löffel aus der Hand.

»Das habe ich auf den ersten Blick gesehen. So gestelzt, wie der sich gibt.« Herbert wartet sichtlich auf meine Antwort.

Mutter schaut mich entsetzt an. »Ist das wahr, Sarah? Sag, dass das nicht wahr ist.«

»Doch ist er. Na und?«

»Sarah, was ist schwul?« Ruth schaut mich mit großen Augen an.

»Wenn sich zwei Männer ficken.« Markus grinst.

»Markus!« Herbert klatscht ihm eine Ohrfeige.

Tante Luise schnappt nach Luft wie ein Fisch, der auf dem Trockenen sitzt, und Tante Hedwig schlägt entsetzt die Hand vor den Mund.

Nur Emma sagt nichts, schaut mich mit großen Augen an und Vater löffelt weiter seine Suppe. So ist er immer. Sobald es eine etwas härtere Diskussion gibt, zieht er sich zurück.

»Mit so einem bist du befreundet!« Mutters schrille Stimme schallt durch den Raum. »Ich kann mich ja nirgends mehr blicken lassen. Diese Schande. Wie kannst du uns so was antun. Was werden die Nachbarn sagen, wenn sie das erfahren?«

»Mama, wenn du es ihnen nicht sagst, werden sie nichts erfahren. Beruhige dich.«

»Nein, ich beruhige mich nicht. Den bringst du jedenfalls nie mehr in unser Haus, hörst du!«

»Ganz sicher nicht. Ihr seid ja sowas von kleinbürgerlich. Zum Kotzen!« Ich stehe auf, schnappe meine Handtasche. »Ich geh jetzt. Nicht, dass ihr euch noch mehr aufregt. Schönen Tag allerseits.« Mit hocherhobenem Kopf verlasse ich die Spießerrunde.

Erst als ich draußen bin, fällt die Anspannung von mir ab und ich wische die Tränen weg. Weshalb sind die so? Weshalb müssen die einen Menschen verurteilen, den sie überhaupt nicht kennen? Und das ist meine Familie? Ich will nichts mehr mit denen zu tun haben.

Zu Hause packe ich das Geschenk von Tante Luise aus. Es ist eine sehr altmodische Anstecknadel aus ihrer Schmuckschatulle.

Damit du mich nicht vergisst, wenn ich mal nicht mehr bin, steht auf einer kleinen Karte geschrieben.

Es geht wieder aufwärts

Sehr geehrte Frau Vogt, wir haben Ihre Offerte studiert und möchten Sie bitten, baldmöglichst Kontakt mit uns aufzunehmen. Hochachtungsvoll F. Wiler

Ich stoße einen Schrei aus. Die Gigantenfirma hat mir geschrieben. Aufgeregt lese ich die wenigen Zeilen nochmals. Ja, es steht da, ich habe nicht geträumt. Nicht einmal eine Woche haben die gebraucht.

Das entschädigt mich für das verpfuschte Geburtstagsessen von gestern.

Die halbe Nacht konnte ich nicht schlafen. Habe mich immer wieder gefragt, wieso meine Verwandtschaft so reagiert hat. Schwul oder auch lesbisch zu sein, ist doch heute normal. Leben und leben lassen heißt es, oder? Aber eindeutig nicht für meine Familie.

Ich greife zum Telefon. Telefonieren ist in manchen Situationen besser als schreiben.

Eine angenehme dunkle Stimme meldet sich. »Frau Vogt?« Ich bejahe.

»Hätten Sie Zeit, morgen vorbeizukommen? Die Angelegenheit drängt.«

»Kein Problem, Herr Wiler, um welche Zeit soll ich da sein?«

»Um zehn Uhr. Passt das für Sie?«

»Natürlich, ich werde da sein.«

»Sie melden sich an der Pforte fünfzehn, die wissen Bescheid, es wird Sie jemand in mein Büro bringen.«

Ein Klick, die Verbindung ist weg.

Ich atme tief ein und aus. Kann mein Glück noch gar nicht fassen. Eilig durchsuche ich meine Dokumente, schaue, was ich an Unterlagen mitnehmen könnte, denn mir ist klar, dass das eine einmalige Chance für mich ist. Noch etwas ist mir klar, die kleinen Angebote werde ich dieses Mal nicht fallen lassen.

Ich lenke meine Ente auf den Besucherparkplatz. Sie wirkt mickerig nebst all den schicken Limousinen. Schon von Weitem sehe ich die Pforte fünfzehn, sie schaut wie ein riesiges futuristisches Raumschiff aus.

Ich drücke die Klingel, ein uniformierter Mann fragt durch die Wechselsprechanlage nach meinen Wünschen.

»Ich habe eine Verabredung mit Herrn Wiler«, ich zeige ihm das Schreiben.

Er nickt, die Pforte öffnet sich. Ehrfurchtsvoll trete ich ein. Der Uniformierte nimmt mein Schreiben. »Ein Kollege wird Sie zu Herrn Wiler bringen.« Er reicht mir einen Batch, auf dem Besucher Abteilung 2022 steht. »Den heften Sie bitte gut sichtbar an Ihre Bluse.« Er nickt mir kurz zu und ruft den Kollegen, der mich durch die heiligen Hallen führen soll. Wir laufen durch schier endlose Gänge – meine Absätze klappern auf dem Steinboden –

nehmen einen Lift, laufen wieder durch einen langen
Gang. Dieses Mal ist der mit einem dicken Teppich be-
legt und die Türen sind aus schwerem dunklen Holz.
Vor der Tür Nummer 2022 bleibt der Mann stehen. Er
klopft, öffnet die Tür. »Ihr Besuch Herr Wiler.« Mit einer
Handbewegung komplimentiert er mich hinein.

Ein großgewachsener, elegant gekleideter Mann
kommt mir entgegen. »Frau Vogt? Schön, dass Sie so
schnell Zeit gefunden haben. Bitte nehmen Sie Platz.« Er
zeigt auf den Sessel vor seinem Schreibtisch. »Kommen
wir gleich zur Sache. Vielleicht haben Sie es in den Zeitungen gelesen, wir reorganisieren diverse Abteilungen
in unserer Firma und müssen deshalb Personal abbau-
en.«

Ich habe zwar nichts davon gelesen, aber ich nicke
brav.

»Für diese Reorganisation benötigen wir für die Logistik Leute wie Sie, die unsere Abläufe durchleuchten, neu
organisieren und implementieren.«

Er sieht wirklich gut aus, ich bin fasziniert. Grau me-
liertes Haar, gepflegte Hände – ich schaue immer auf die
Hände – den Schlips leicht gelockert, was dem Typen im
dunkelblauen Anzug ein verwegenes Aussehen gibt.

»Mit Ihrem Studium in Mathematik und EDV-Analyse
sind Sie genau die Person, die wir in unserer Logistikabteilung einsetzen könnten.« Seine stahlblauen Augen
mustern mich. »Ihre Arbeit würde auch auf unsere Zulie-
ferer übergreifen, die für uns in Europa produzieren.«

Wieder mustert er mich durchdringend. Doch stahlblaue Augen haben mich noch nie abgeschreckt.

»Sie müssten also ab und zu sowohl hier im Stammhaus als auch bei den Zulieferern vor Ort sein, und bei uns sowie in den Drittfirmen die Belegschaft schulen.«

Ich nicke wieder. Dieses Mal heftig. Am liebsten hätte ich ihn umarmt.

»Ich habe einen Vertrag vorbereitet. Lesen Sie ihn zu Hause in Ruhe durch. Falls Sie einverstanden sind, teilen Sie es mir bitte telefonisch mit, damit ich alles vorbereiten kann.« Er steht auf, schaut auf die Uhr. »Leider muss ich jetzt in eine Sitzung. Reorganisationen bringen immer viele Umtriebe mit sich.« Er reicht mir die Hand. »Meine Sekretärin wird Sie zum Ausgang begleiten.« Er greift zum Telefon, »Frau Lachenmeier, würden Sie bitte Frau Vogt zur Pforte fünfzehn bringen.« Ich bin entlassen.

Im Auto muss ich zuerst einmal tief durchatmen. Ich ziehe den Vertrag aus der Tasche, blättere ihn kurz durch. Die Summe, die ich für das Projekt erhalte, lässt meinen Atem stocken. Fünfzigtausend Schweizerfranken als erste Tranche, weitere fünfzigtausend nach der ersten Phase und noch mal dieselbe Summe beim Abschluss des Projektes.

Mit zitternden Händen stopfe ich den Vertrag in die Tasche. Ich muss Mischa besuchen. Ganz egal, wen er gerade im Laden hat.

Noch eine Weile sitze ich im Auto. Ich muss mich erst beruhigen.

Mischa dekoriert das Schaufenster, als ich außer Atem in den Laden stürme.

»Ist was passiert?«

Ich wedle mit dem Vertrag vor seiner Nase. »Ich habe ein Projekt, ein super Ding. Ich hab's geschafft. Ich bin angekommen.«

»Was, wie? Setz dich und dann erzählst du mir alles ganz in Ruhe.«

Während er die Kartonschachteln mit den Dekos verräumt, erzähle ich ihm, immer noch aufgeregt, von meinem Glück. »Und weißt du, wenn das Projekt fertig ist, bin ich sicher, dass andere folgen. Das hat mir der Typ, mit dem ich kürzlich ein Date hatte, gesagt. Die brauchen immer jemanden, besonders, wenn sie Personal abbauen, und das tun sie, hat mir der Wiler gesagt.«

»Ja, ich habe es auch in der Zeitung gelesen. Leider wischen die ganz gewaltig mit dem Besen. Mir tun die Menschen leid, die auf der Straße stehen.«

»Dafür habe ich einen Job gefunden.«

»Lass uns den Vertrag zusammen durchgehen.« Mischa setzt sich neben mich.

Ich schiebe ihm den Vertrag zu. Aufmerksam liest er Seite für Seite.

»Sarah, da hast du dir einen dicken Fisch geangelt. Ich kann nichts Negatives darin entdecken. Es ist aber viel Arbeit. Stemmst du das alleine?«

»Ich denke schon. Ich bin es gewohnt, hart zu arbeiten.«

»Ja dann, unterschreibe schnell. Hey, ich gratuliere dir.« Er nimmt mich in den Arm. »Ich gönne es dir von ganzem Herzen. Jetzt aber muss ich dich leider rausschmeißen, ich fahre nach Ferret.«

»Schade, ich wollte mit dir zusammen Mittagessen.«

»Das holen wir nach, ganz bald.« Er lässt die Jalousie des erst halb dekorierten Schaufensters nach unten rollen und hängt das Schild ›Geschlossen‹ an die Tür.

Gemeinsam laufen wir den Rheinsprung hinunter. Etwas traurig bin ich, dass er ausgerechnet heute keine Zeit für mich hat.

Mischa

Ich manövriere den Renault durch die engen Kurven in Richtung Ferret. Hoffentlich ist Raoul zu Hause? Ja, manchmal bin auch ich spontan und nicht immer nur der ruhige und besonnene Typ, wie mir viele nachsagen.

Sarahs traurigen Blick habe ich schon bemerkt, als ich ihr zu verstehen gab, dass ich heute nicht mit ihr zusammen feiern kann. Sie ist eine außerordentliche Frau. Kämpferisch! Eine die nicht so schnell aufgibt. Ich gönne ihr den Vertrag. Wenn sie diesen Job bei dieser Firma meistert, hat sie ausgesorgt, da bin ich mir sicher.

Die letzte Kurve und dann noch der Feldweg. Raoul scheint da zu sein. Auf dem kleinen Rasenplatz neben dem Apfelbaum stehen der Sonnenschirm und der Liegestuhl.

Ich lenke das Auto auf den Parkplatz und steige aus. Von Raoul keine Spur. Wahrscheinlich ist er in seinem Gemüsegarten. Ich gehe nach hinten, nichts. Dann ist er wohl in der Küche.

Ich laufe zum Eingang, klopfe und trete ein. »Raoul.« Nichts, nur ein leises Pfeifen aus der Küche ist zu hören. »Raoul«, dieses Mal etwas lauter.

Er streckt den Kopf aus der Küchentür. »Mensch, Mischa, hast du mich erschreckt. Was machst denn du hier an einem heiligen Werktag? Solltest du nicht in der Boutique sein und den noblen Basler Damen deine teuren Kleider verkaufen?«

»Ja schon.« Ich lächle gequält. »Ich muss dir etwas sagen, das keinen Aufschub verlangt.«

»So, so! Jetzt bin ich aber neugierig. Zuerst essen wir etwas, auf nüchternen Magen sind Neuigkeiten nicht so gut. Ich habe einen Gemüseauflauf im Ofen. Magst du mitessen?«

Ich nicke.

»Dann decke bitte draußen unterm Apfelbaum den Tisch.«

Ich gehe zum Küchenschrank, hole zwei irdene Teller mit eingebranntem Elsässermuster, zwei Gläser und das Besteck heraus.

»Ja, die sind perfekt für den Gemüseauflauf.«

Typisch Raoul, für jedes Gericht hat er passendes Geschirr.

Langsam trotte ich nach draußen. Etwas Bammel habe ich, aber ich muss da jetzt durch. Ich darf Raoul nicht länger hinhalten. Er ist mein Freund, einer, der immer zur Stelle ist, wenn ich jemanden brauche, einer, auf den ich mich hundertprozentig verlassen kann.

Nun erscheint er mit dem Auflauf. Es duftet himmlisch, mein Magen meldet sich vehement. »Der Wein, ich hole ihn gleich. Einen Rosé, magst du doch auch?«

»Gerne und Wasser, ich muss nachher noch mal ins Geschäft zurück.«

Wir essen schweigend. Raoul ist wirklich ein begnadeter Koch.

»Wie geht es Sarah?«

»Sie hat einen grandiosen Auftrag an Land gefischt. Sie war heute im Geschäft und ist ganz aufgeregt deswegen.«

»Eine tolle Frau, diese Sarah, ich glaube, sie ist ein bisschen verliebt in dich.« Raoul zwinkert mir zu.

»Ja, als sie mich kennengelernt und noch nichts über mich gewusst hat, da war sie das ein bisschen. Nachdem ich sie aber aufgeklärt habe, hat sie sich wohl damit abgefunden, dass mit mir nichts wird.«

»Meinst du? Frauen können hartnäckig sein. Hat sie eigentlich einen Freund?«

»Keine Ahnung, ich glaube nicht. Sie hat mir mal gesagt, dass sie ihre Unabhängigkeit liebt und sich niemandem beweisen muss, außer sich selber.«

»Hm, da hat sie nicht ganz unrecht. Obwohl … jeder Mensch braucht jemanden. Jemanden, der zur Stelle ist, wenn die Welt auf dem Kopf steht. Jemanden, der tröstet, wenn die Traurigkeit groß ist. Wir Menschen sind nicht dazu geschaffen, alleine zu sein.«

»Ja, mag sein, ich weiß es nicht, ich bin auch allein.«

»Das hört sich gerade traurig an. Willst du mir nicht erzählen, weshalb du so, ohne dich anzumelden, zu mir gekommen bist?«

»Raoul«, ich nehme einen Schluck Wein, um die Hürde zu nehmen, sei nicht so feig, sage ich mir innerlich, »ich

217

habe mich … ach Scheiße, ich kann dir das Geld im Moment nicht zurückzahlen. Der Anwalt sieht keine Chance, die Summe zurückzuerhalten. Der Typ in Paris ist untergetaucht, abgehauen, nicht mehr auffindbar. Er wurde aus der Wohnung geworfen, seitdem fehlt jede Spur von ihm.«

»Das macht doch nichts, ich nage deswegen nicht am Hungertuch.«

»Ich fühle mich aber nicht gut dabei. Du warst immer da für mich, hast mir geholfen, bist mir mit Rat und Tat zur Seite gestanden, und ich habe noch nie jemandem Geld geschuldet. Mein Geschäft läuft im Moment nicht so gut. Die betuchten Basler Damen, du kennst sie ja auch.«

»Oh ja, das tu ich, sie halten das Geld zusammen. Von den Reichen kann man sparen lernen, nicht gewusst?« Raoul schenkt Wein nach. »Weißt du, dass ich froh bin, dass dieser Typ verschwunden ist?«

»Nein, das wusste ich nicht. Weshalb?«

»Ich war eifersüchtig auf ihn«, er lächelt verschämt, »auf alle deine Liebhaber.«

Raoul? Eifersüchtig? Ich betrachte ihn. In seinen Augen schimmert etwas, aber keine Tränen.

»Mischa, ich brauche auch einen Menschen, der mich tröstet, wenn es mal scheiße ist. Ja, bei mir läuft ebenfalls nicht immer alles rund. Ich habe zwar gesagt, dass ich die Einsamkeit liebe, und das stimmt ja, aber manchmal möchte ich gerne jemanden neben mir haben, einen

Menschen, dem ich … Mischa, ich liebe dich. Schon lange. Ich habe mich immer zurückgehalten. Der Altersunterschied, weißt du.«

»Du. Liebst. Mich?«

»Ja.« Raoul senkt den Kopf. »Ich alter Esel.«

»Sag so was nicht. Du bist nicht alt.«

»Für dich schon, deswegen habe ich mich gescheut, es dir zu sagen. Jetzt ist es halt raus.« Er zuckt mit den Achseln und trinkt sein Glas ex.

Er war mein Lehrer. Er hat mich immer unterstützt. Hat mich ermuntert, die Boutique zu eröffnen. Ich schlucke. Ich weiß schon lange, dass er schwul ist. Schwule fühlen das, ohne dass sie sich outen. Er hat mich nie bedrängt.

Liebe ich ihn auch? Ich weiß es nicht. Ich schätze ihn, ja, und ich mag ihn. Ich wäre traurig, wenn er aus meinem Leben verschwinden würde. Würde ich seinen Körper auch lieben? Ich hatte bis jetzt …

»Gibst du mir ein bisschen Zeit, Raoul?«

»Ja sicher.« Er streicht über meine Hand. »Alle Zeit, die du brauchst. Und ich verlange auch nicht, dass du zu mir ziehst. Gott bewahre. Ich liebe die Einsamkeit, meistens jedenfalls, aber manchmal denke ich darüber nach, dass man im Alter nicht ganz allein sein sollte. Erinnerst du dich? Wir haben vor gar nicht langer Zeit darüber gesprochen, und da habe ich noch groß getönt, dass ich zufrieden bin mit meinem Leben, so wie es ist. Habe ich dich jetzt überrumpelt?«

»Etwas schon«, erwidere ich. »Das kam so plötzlich.«

»Ich will dich nicht drängen. Ich kann warten, tu ich ja schon so viele Jahre.« Raoul steht auf und stellt das Geschirr zusammen. »Möchtest du noch einen Kaffee, bevor du wieder nach Basel fährst?«

»Gern, komm, ich helfe dir.«

»Ich mach das schon.«

Verwirrt bleibe ich zurück. Nach kurzer Zeit kommt Raoul mit dem Kaffee und zwei Stück Kuchen. Plötzlich sehe ich ihn mit anderen Augen, seine Offenbarung hat auch in mir etwas bewirkt, keine Frage. Gut schaut er aus. Gebräunt, sportliche Figur, lässig gekleidet. Seine Augen strahlen Lebensfreude und Herzlichkeit aus. Etwas, das man bei älteren Menschen nicht mehr so oft sieht. Ich stehe auf, gehe ihm entgegen und nehme ihm die Kuchenplatte ab.

»Raoul, ich muss jetzt zurück, das Schaufenster dekorieren und auch noch einige Entwürfe fertigstellen. Aber ich komme bald wieder.«

Wir schauen uns an. Ich bemerke die Liebe in seinen Augen.

»Danke mein Freund, dass es dich gibt.« Er nimmt mich in den Arm.

Immer noch verwirrt fahre ich nach Basel zurück. Raoul liebt mich. Schon lange.

Ein Date mit Bruno

Zwei Wochen sind es, die ich bereits an dem neuen Projekt für die Gigantenfirma, so nenne ich sie bei mir, arbeite. Gleich am nächsten Tag habe ich Herrn Wiler meine Zusage geschickt und den unterschriebenen Vertrag in den Briefkasten geworfen. Die erste Tranche des vereinbarten Honorars war drei Tage später auf meinem Konto verbucht worden.

Ich habe einen Tag in der Firma verbracht. Der Chef der Logistikabteilung hat mich gründlich über die Vorgaben informiert, mich mit Papier versorgt und mir viel Glück gewünscht.

Und dann habe ich mich in die Arbeit gestürzt. Die Nacht zum Tag gemacht, denn in der Nacht arbeite ich am besten, schon immer, habe am Tag an den anderen Projekten, den kleineren, gearbeitet. Schritt für Schritt bin ich wieder in die Abhängigkeit des Arbeitens hineingerutscht.

Mit meinen Eltern habe ich seit dem Eklat an Mutters Geburtstag keinen Kontakt mehr. Es muss noch etwas Gras darüber wachsen, jedenfalls für mich. Ich knabbere an der dämlichen Aussage, dass Mischa in ihrem Haus nicht mehr erwünscht ist.

Heute habe ich mit Bruno ein Date. Ich kichere. Ein Date mit meinem alten und liebsten ehemaligen Arbeitskollegen. Wir haben uns im ›Gifthüttli‹ verabredet.

Lange stehe ich vor meinem Kleiderschrank und überlege. Ich müsste meine Garderobe etwas auf Vordermann bringen. Die Klamotten, die ich habe, eignen sich eher nicht für die Sitzungen, an denen ich demnächst teilnehmen werde. Aber dazu ist noch Zeit genug. Vielleicht hat ja Mischa Lust, mich auf einer Kleidershoppingtour zu begleiten.

Für heute müssen Jeans und eine luftige Bluse reichen. Vor dem Spiegel brezle ich mich auf. Etwas Rouge, etwas Wimperntusche und ein rosa Lippenstift. Ich betrachte mich und blinzle meinem Spiegelbild zu. Ich bin zufrieden.

Bruno ist noch nicht hier. Suchend schaue ich mich nach einem freien Platz auf der Terrasse um.

»Möchten Sie schon ein Getränk bestellen?«

»Ich erwarte noch jemanden.«

Fröhlich plaudernde Menschen in Grüppchen flanieren vorbei. Jungs mit überweiten Jeans und aufwändig bedruckten T-Shirts. Elegante Ladys mit ebenso eleganten Herren an ihrer Seite.

Ich studiere die Karte. Die Auswahl ist riesig.

Zwei Hände legen sich auf meine Schultern. Bruno lächelt auf mich hinab. »Hast du schon gewählt?«

Ich schüttle den Kopf. »Es ist alles so mächtig.«

»Ich helfe dir, ich habe einen Bärenhunger.« Er winkt der Bedienung. »Was hast du mir denn so Wichtiges zu sagen? Du hast am Telefon aufgeregt geklungen.«

»Ich habe einen ganz dicken Fisch an Land gezogen. Eine der großen Pharmafirmen hat mich als Freelancer engagiert. Ich soll die Warenflüsse in der Logistik analysieren, und zwar grenzübergreifend, also nicht nur die in Basel, sondern auch die in den anderen europäischen Ländern, die für sie produzieren. Ach, Bruno, ich bin so glücklich.«

»Super, gratuliere.« Er streicht über meine Hand. »Und wenn du gut bist, und das bist du, hast du gute Chancen auf andere Aufträge, und dann kann ich mich endlich bei dir als Angestellter bewerben.«

»Du hast doch einen Job.«

»Ja, aber der ödet mich immer mehr an. Evelyne ist unmöglich, unter ihr kann ich nicht viel länger arbeiten.«

»Mach nichts Unüberlegtes. Du wirst es genauso schwer haben wie ich, wieder etwas Adäquates zu finden. Du bist wie ich überqualifiziert und zu alt.« Ich grinse. »Und du willst bestimmt keine Kloschüsseln zählen.«

Nun grinst auch Bruno. »Nein, nein, ich mach schon nichts Unüberlegtes, keine Angst.«

Die Bedienung stellt das Essen und zwei kühle Biere auf den Tisch. Der Wurstsalat schmeckt vorzüglich. Ich sollte wirklich mehr auf meine Gesundheit achten und regelmäßiger essen. In meinem Alter steckt man den

Raubbau am eigenen Körper nicht mehr so einfach weg. Ich schmunzle.

»Was grinst du so in dich hinein?«

»Über unser Alter. Ja, Bruno, wir gehören mit vierzig zum alten Eisen. Nicht gewusst?«

»Doch, doch, aber ich habe keine Probleme damit. Du?«

Ich schüttle den Kopf, nehme den letzten Schluck Bier und halte das leere Glas der vorbeieilenden Bedienung entgegen.

»Oh, oh, das letzte Mal ist das gar nicht gut ausgegangen, aber du kannst gerne wieder bei mir übernachten.«

»Es ist nur Bier, und heute habe ich einen guten Boden für weitere Alkoholorgien.«

Den Nachtisch lassen wir aus.

»Was machen wir jetzt mit dem angefangenen Abend? Mir ist noch nicht nach Haus am Waldrand zumute.«

»Wir könnten ins ›Singerhaus‹ zum Tanzen oder in die ›Soho-Bar‹ in der Steinenvorstadt gehen.«

»Tanzen!« Ich denke an den Abend mit Manolo. »Ich bin keine gute Tänzerin, aber ›Soho-Bar‹ klingt gut.«

»Okay, gehen wir.« Bruno reicht mir den Arm.

In der Steinenvorstadt, der Partymeile von Basel, herrscht eine Bombenstimmung. Es ist ein Gedränge auf dem Gehsteig, dass man kaum durchkommt. Die Tische vor den Restaurants und Bars sind besetzt. Ausgelassenes Volk, so, als würde morgen der letzte Tag sein.

Auch in der ›Soho-Bar‹ herrscht Gedränge. Wir quetschen uns an die Bar.

»Was möchtest du? Hier gibt es himmlische Margaritas.«

»Her damit, ich liebe Margaritas.«

»So, so, die Dame von Welt liebt Margaritas. Du überrascht mich immer wieder aufs Neue, Sarah.« Bruno nimmt meine Hand. »Ich mochte dich schon immer, du bist so anders als all die Frauen, die ich kenne.«

»Ja?«

»Ja, aber so viele kenne ich gar nicht. Prost, Sarah.«

Ich trinke schweigend. War das jetzt eine Liebeserklärung?

»Noch einen?«, fragt er, als mein Glas leer ist.

»Nein, heute nicht. Vielleicht ein Bier, so als Betthupferl.«

Bruno winkt dem Kellner. Südamerikanische Musik klingt aus den Verstärkern. Ich sehe Farben. Rieche Düfte. Schmecke die Küsse von Manolo.

»Wo bist du, Sarah?«

Erschreckt schaue ich ihn an. »Irgendwo auf dieser Welt.«

»Welt ist gut. Machen wir irgendwann einmal eine Weltreise zusammen?«

»Mexiko, Peru, Chile, Brasilien, das wäre schön.«

»Ja, das wäre schön.«

Wir lauschen der Musik, die von Südamerika nach Amerika in die Südstaaten gewechselt hat. Und wieder fliege ich in eine andere Welt. Eine Welt voller Sehnsüchte.

»Wollen wir?«, holt mich Bruno in das Hier zurück.

Ich rutsche vom Hocker, nehme meine Handtasche und hänge mich wie selbstverständlich bei ihm ein.

»Wo hast du deine Ente geparkt? Ich begleite dich.«

»Um die Ecke im Elisabethenparking.«

»Ich begleite dich trotzdem. Eine Frau sollte sich um diese Zeit nicht allein in Parkhäusern herumtreiben.«

Ich lache. Wie fürsorglich er ist. Fast wie Mischa. Sehe ich so schutzbedürftig aus? Egal, ich genieße es, so umsorgt zu werden. Jetzt, wo meine Existenzängste abklingen, kann ich das vielleicht zulassen, mich etwas fallen zu lassen.

Wir sind bei der Ente angekommen, Bruno nimmt mich ohne Umschweife in den Arm. »Ich mag dich.« Sein Mund sucht meinen Mund. Seine Lippen sind weich und sein Kuss ist zärtlich.

›Ich mag dich‹ hat schon einmal vor nicht allzu langer Zeit ein Mann zu mir gesagt, nur in einer anderen Sprache, ›me gusta‹.

Sachte winde ich mich aus Brunos Arm. Nicht so schnell, fühle ich, alles braucht Zeit. »Danke für den Abend«, sage ich, sperre die Ente auf und steige ein.

Auf der Heimfahrt denke ich an Bruno und dass ich, trotz Erleichterung auf geschäftlicher Ebene, noch sehr vorsichtig bin, was menschliche Nähe betrifft. Vorsichtiger, als ich vermutet habe.

Abrupt hat das Wetter über Nacht gewechselt. Dicke Nebelschwaden hängen in den Baumwipfeln, als ich die Rollläden hochziehe. Ich habe so gut geschlafen wie schon lange nicht mehr, obwohl die versteckte Liebeserklärung von Bruno, fast wie damals in der Firma, mich lange nicht einschlafen ließ.

Dann wird das halt heute ein Arbeitstag, denke ich. Der Kaffeeduft zieht durch den Korridor. Ich habe mir letzte Woche eine automatische Kaffeemaschine angeschafft, eine, die ich am Abend schon einstellen kann. Die ewige Warterei, bis der Kaffee durchgelaufen ist, hat mich genervt.

Ich setze mich in den Großmuttersessel und lasse den vergangenen Abend Revue passieren. Bruno ist ein lieber Freund, nebst Mischa nimmt er den zweiten Platz bei mir ein.

Sein Kuss war nicht fordernd, aber auch nicht nur freundschaftlich. Er mag mich. Hm! Ich ihn auch.

Nachdem ich geduscht, mich in meine bequemen Klamotten gestürzt und den Computer hochgefahren habe, bin ich wieder die Sarah, die nur eins im Sinn hat, der Karriere nachzujagen.

Nach fünf Stunden flimmern die Zahlen vor meinen Augen. Ich strecke mich, stehe auf und schaue hinaus. Der Regen hat nachgelassen, ein paar schwache Sonnenstrahlen durchbrechen die Wolkendecke. Autoräder knirschen auf den Kieselsteinen.

Neugierig öffne ich die Tür.

Bruno steigt aus dem Auto, in der Hand hält er eine Flasche Wein. »Hallo, Sarah. Ich hoffe, ich störe dich nicht, denn so, wie ich dich kenne, bist du sicher den ganzen Tag vor dem Computer gesessen, deshalb habe ich gedacht, wir könnten ein Glas Wein zusammen trinken.«

»Komm herein, ich habe soeben beschlossen, eine Pause einzulegen.«

»Schön hast du es hier.« Er schaut sich bewundernd um. »So ein Hexenhaus würde mir auch gefallen.«

»Ich fühle mich sehr wohl hier. Etwas abgelegen, aber doch nicht zu einsam.«

»Du bist eben ein Glückspilz, Sarah. Hier ist der Wein, ein Chardonnay, noch schön kühl.«

»Ich hole gleich Gläser.«

Er folgt mir in die Küche.

Ich gebe ihm den Korkenzieher und stelle zwei Gläser auf den Küchentisch. »Wollen wir hierbleiben oder lieber ins umgebaute Wohnzimmer gehen?«

»Umgebaut?«

»Ich habe ein Büro daraus gemacht.«

»Dann in der Küche, nach Büro ist mir nicht zumute.« Bruno schenkt ein, schiebt mir ein Glas zu und probiert. »Guter Tropfen.«

»Es war ein schöner Abend gestern, das müssten wir öfters machen, einfach so zusammen ausgehen.«

»Ja sicher, unbedingt.« Er betrachtet mich lange, sehr

lange, steht auf, läuft um den Tisch und stellt sich hinter mich. »Sarah, ich sag's jetzt noch mal, ich mag dich.«

»Ich dich auch, aber du kennst meine Einstellung.«

Er lacht und setzt sich auf den Stuhl neben mir. »Dass du nicht heiraten willst. Nun, das will ich auch nicht. Ich darf dich aber trotzdem mögen.«

Mein Herz klopft so laut, dass ich Angst habe, er könnte es hören.

Seine Küsse sind heute fordernd. »Hast du auch ein Bett, der Küchenboden ist doch etwas hart?«, flüstert er zwischen den Küssen.

Als wir voneinander ablassen, ist es tiefe Nacht.

»Es war schön, Sarah. Dass du so ein heißes Weib bist, hätte ich nie gedacht. Das setzen wir fort, ganz bald. Ich will dich noch viel besser kennenlernen.«

Kurze Zeit darauf höre ich den Motor aufheulen und Räder, die auf den Steinen knirschen.

Der Knall

Ich bin glücklich. Glücklich wie noch nie in meinem Leben. Das Projekt läuft super. Die ersten Analysen sind von der Geschäftsleitung mit Wohlwollen zur Kenntnis genommen worden. In zwei Wochen werde ich nach Spanien fahren. Eine Zuliefererfirma soll ich überprüfen und ein Konzept erstellen. Meine erste Geschäftsreise.

In der alten Firma hat das immer Evelyne an sich gerissen, obwohl der Oberboss mehrmals betont hat, dass die Kundenbesuche durch die jeweiligen Projektleiter durchgeführt werden müssen.

Bruno habe ich seit seinem letzten Besuch nicht mehr gesehen. Wir haben ein paar Mal telefoniert. Er hat sich ziemlich niedergeschlagen angehört. Auch von Mischa habe ich nichts mehr gehört. Das liegt vor allem an mir, ich habe mich komplett in die Arbeit verkrochen, alles andere war unwichtig.

Meine WhatsApp meldet sich. Es ist Bruno.

Hast du heute Abend Zeit? Ich muss dir was Wichtiges sagen.

Für dich immer, wann und wo?

Auf der Pfalz, um achtzehn Uhr.

Ich werde da sein.

Nachdenklich lege ich das Handy zurück.

Es muss was Wichtiges sein, denn Bruno ist nicht einer, der sich so kurzfristig meldet. Irgendetwas ist im Busch.

Lustlos fahre ich den Computer hoch, kontrolliere das Projekt. Ich mag heute nicht mehr arbeiten. Die letzten Tage habe ich genug geackert.

Ich könnte vor dem Treffen mit Bruno Emma besuchen, Zeit dazu hätte ich. Wenn ich an meine Familie denke, überfällt mich das schlechte Gewissen. Ich hübsche mich ein wenig auf und setze mich ein paar Minuten später in die Ente.

Emma reißt die Augen auf, als ich vor der Tür stehe. »Du?«

»Ja, ich.«

»Komm rein.« Sie watschelt vor mir her in die Wohnstube. »Willst ein Wasser?«

Ich nicke und lasse mich auf einen Sessel fallen. Heute sieht es recht aufgeräumt aus. Hat meine Standpauke vielleicht doch etwas genützt.

Emma stellt eine Flasche Wasser und zwei Gläser auf den Tisch. »Was führt dich her?«

»Ich wollte nur mal schauen, wie es dir geht. Wann ist es denn so weit?«

Emma hebt die Schultern. »Der Kopf ist noch nicht unten.«

»Und, hat Herbert seine Meinung geändert, freut er sich auf das Baby?«

»Geht so. Seine Freude hält sich in Grenzen.«

Unvermittelt sprudelt es aus ihr heraus. Dass sie immer noch in die Eheberatung gehen, aber diese Beratungsgespräche bisher keine signifikanten Änderungen ergeben haben. »Er ist nach wie vor sauer auf mich, weil ich noch ein Baby haben wollte. Stimmt gar nicht, wir wollten es beide.«

»Wenn es dann da ist, ändert er bestimmt seine Meinung.«

»Da bin ich mir nicht so sicher. Er kommt und geht, wie es ihm passt. Ich habe alles versucht. Du siehst ja selber, es ist aufgeräumt, ich verwöhne ihn, wo ich nur kann.« Sie hebt hilflos die Schultern.

Ich streichle ihren Arm. Sie erzählt mir, dass Mutter sehr enttäuscht von mir sei. Erstens, weil ich mich nicht mehr gemeldet habe, und zweitens wegen Mischa.

»Ich kann sie auch nicht verstehen. Dieser Mischa ist schwul, na und, es gibt Schlimmeres. Aber irgendwie finde ich es schade, dass er vom anderen Ufer ist, ihr hättet gut zusammengepasst. Gibt es keine Möglichkeit, dass er sich ändert, bleibt er immer so?«

Ich lache und schüttle den Kopf. »Keine Chance, er steht wirklich nur auf Männer. Emma, das ist genetisch, angeboren, keine Krankheit, falls du das nicht wissen solltest. Er ist ein guter Freund. Einer, der zur Stelle ist, wenn ich jemanden brauche. Es ist okay so, wie es ist.«

»Hm, glaub ich dir nicht. Dir fehlt sicher ab und zu auch eine Schulter zum Anlehnen.«

»Diese Schulter hol ich mir, wenn ich sie nötig habe.«

232

»Und die bekommst du dann so auf die Schnelle?«

»Kein Problem, es findet sich immer jemand.« Ich lächle, denke an Mischa, an seine Schulter, seine tröstenden Worte und seine Fürsorglichkeit. Und an Bruno, der jederzeit für mich da wäre, wenn ich es wollte. Weiß ich aber noch nicht so genau.

»Dann geht es dir gut. Ich habe leider keine Schulter, an die ich mich anlehnen kann. Ich hocke hier mit meinem dicken Bauch und warte, dass es Abend wird und ich ins Bett kann.«

»Der dicke Bauch ist bald Vergangenheit, und die Schulter kommt auch wieder, du musst nur daran glauben.«

»Meinst du?«

»Klar, in jeder Partnerschaft gibt es immer mal Stürme, und wenn du fühlst, dass diese Eheberatung nicht hilft, dann brich sie ab und versuch auf einem anderen Weg, den Zugang zu Herbert zu finden. Lass ihn machen, und verwöhne ihn nicht zu sehr, ich glaube, dass das die meisten Männer nicht mögen.«

»Wieso kennst du dich mit all dem so gut aus? Du hast doch gar keine feste Beziehung.« Emmas Gesicht ist ein einziges Fragezeichen.

»Auch ohne Partner weiß man solche Dinge. Das ist einfach nur logisch.« Ich stehe auf. »Hey Emma, Kopf hoch, es wird alles gut, aber jetzt muss ich gehen, ein ehemaliger Arbeitskollege braucht meine Hilfe.«

»Schade.« Ihre Augen schwimmen wieder in Tränen.

Ich nehme sie in den Arm. Das habe ich schon lange nicht mehr getan. Ihr Bauch ist wirklich mächtig. Armes Ding.

Bruno sitzt bereits auf der Pfalzbrüstung.

»Hi.«

»Sarah.« Seine Augen blitzen kurz auf. Er gibt mir einen Kuss auf die Wange, ich suche seinen Mund.

»Was musst du mir so Dringendes sagen?«

»Sie haben mich freigestellt, per sofort«, er schnauft. »Ich wäre nicht mehr tragbar. Ich habe keine Ahnung weswegen. Evelyne, das Luder, garantiert.« Er greift sich an den Kopf. »Sechs Monatsgehälter zahlen die mir noch.«

»Sie haben nicht gesagt, weshalb du nicht mehr tragbar sein sollst?«

»Nein!« Total niedergeschmettert sitzt er vor mir.

»Das ist nicht sauber.« Ich schüttle den Kopf. »Aber andererseits bekommst du sechs Monatsgehälter, damit hast du alle Zeit der Welt, dir etwas Neues zu suchen. Ich hätte mich gefreut, wenn sie mir sechs Monatsgehälter bezahlt hätten.«

»Trotzdem, ich fass es immer noch nicht. So Knall auf Fall. Gestern Morgen hat mich Evelyne in ihr Büro bestellt und mir mitgeteilt, dass die Firma auf meine Arbeit verzichtet. Keine Erklärung, nichts. Ich solle das Büro räumen, ihr die Schlüssel und Passwörter übergeben, sie würde sie dann löschen, das war's. Ende!«

»He, Bruno, das ist nicht der Weltuntergang. Du bist gut. Das hast du zu mir auch gesagt, damals, erinnerst du dich?«

Er nickt und starrt dabei auf den ruhig dahinfließenden Rhein. »Ich könnte bei dir einsteigen oder in den Rhein springen.«

Ich schlucke. »In den Rhein zu springen, ist keine gute Idee. Die Welt geht wegen einer Kündigung nicht unter.«

»Sag, wäre das eine Option? Sag doch was, Sarah?«

»Bei mir einsteigen? Schon. Ich habe aber im Moment nur das eine Projekt. Du müsstest selber Projekte mitbringen, dann würde es funktionieren.«

»Sicher, so habe ich das auch gedacht«. Er rutscht von der Brüstung. »Es würde was werden mit uns beiden«, flüstert er mir ins Ohr. »Ich habe es schon immer gefühlt.«

Ich winde mich aus seiner Umarmung, schaue ihn an und sehe die Zärtlichkeit in seinen Augen. Sanft küsse ich ihn auf den Mund, fühle, dass ich ihm vertrauen kann, er es gut mit mir meint. »Gehen wir was essen und dann sprechen wir das alles gründlich durch.«

Er nickt. Hand in Hand schlendern wir den Rheinsprung hinunter an Mischas Boutique vorbei.

Mit Bruno zusammenzuarbeiten wäre für mich absolut kein Problem, wir haben das schon in der Wettsteinallee geübt. Ich fahre den Computer hoch und checke die Mails. Keine einzige Rückantwort auf meine Werbekampagne. Ich schüttle den Kopf. Außer dem großen Projekt habe ich nur noch zwei kleinere Projekte zu bearbeiten. Für zwei Leute wäre das zu wenig Arbeit, ich schaue mich in meinem Büro-Wohnzimmer um. Das ist etwas zu klein für uns beide, doch das wäre das kleinste Problem.

Ein Auto hält knirschend auf dem Vorplatz und nach kurzer Zeit klingelt es zweimal. Die Post? Was will denn die? Ich öffne.

Der nette Postbote hält mir ein Einschreiben entgegen: »Für Sie, Frau Vogt und hier einmal Ihre Unterschrift.«

Erstaunt drehe ich den Brief in der Hand. Es ist mein Vermieter. Soweit ich weiß, bin ich mit der Miete nicht im Rückstand, habe auch nicht randaliert, unendliche Partys geschmissen, und den Garten nach meinen Möglichkeiten akkurat und sauber gehalten.

Ich öffne ihn. Falte ihn auseinander. Nachdem ich ihn gelesen habe, bin ich einer Ohnmacht nahe. Das darf nicht wahr sein. Lieber Gott, sag mir, dass das nicht wahr ist!

Meine Beine zittern, mein Atem geht stoßweise. Ich lasse mich auf den nächsten Stuhl fallen, lese nochmals und nochmals.

... müssen wir Ihnen leider mitteilen, dass wir das Haus für den Eigenbedarf benötigen ... und kündigen Ihnen deshalb auf Ende November ...

Die Buchstaben verschwimmen vor meinen Augen. Ich schlage die Hände vors Gesicht. Was soll ich tun? Ich könnte Einspruch erheben. Könnte ich? Ich weiß es nicht. Ich bin ziemlich unbedarft in diesen Angelegenheiten.

Ich muss zu Mischa. Der kann mir helfen, der hat einen Notar oder Anwalt, hat er jedenfalls mal erwähnt. Sofort! Jetzt! Ich schnappe die Handtasche, stopfe den Brief hinein, eile zum Auto und fahre los.

Nun laufen die Tränen über meine Wangen. Ich wische sie mit dem Arm weg. Schluchze auf. Warum? Warum? Warum? Gerade jetzt, wo alles so gut begonnen hat, ich wieder Licht sehe! Es aufwärts geht!

Ich nehme die kleinen Straßen, will nicht über die Ausfallstraßen nach Basel fahren, die ewig verstopft sind. Ich muss so schnell wie möglich bei Mischa sein.

Plötzlich taucht aus einer Nebenstraße ein landwirtschaftliches Fahrzeug vor mir auf. Ich trete voll auf die Bremsen. Die Ente schleudert. Ich spüre, wie sie kippt, Glas splittert, jemand schreit, dann wird es dunkel.

Langsam kehre ich wieder zurück

»Willkommen zurück.« Eine Frauenstimme. Gedimmtes
Licht. Schritte von weither.

Ich versuche, den Kopf zu heben. Er tut höllisch weh.

Hände drücken mich ins Kissen. »Ruhig liegenblei-
ben«, sagt die sanfte Stimme.

Es fällt mir schwer, die Augen offenzuhalten, ich blinzle. Ein blonder Lockenkopf schiebt sich in mein Gesichts-
feld. Irritiert versuche ich, den Kopf zu drehen, das
schmerzt und so lasse ich es gleich wieder.

»Wo bin ich?«

»Im Spital.« Die Stimme klingt freundlich, immer noch
sanft. »Erinnern Sie sich? Sie hatten einen Unfall.«

Die Bilder schwappen wie Wellen durch meinen Kopf.
Ich im Auto, wollte zu Mischa, unbedingt. Dann der
Traktor aus der Seitenstraße, dann nichts mehr. Ein
Stöhnen kommt aus meiner Brust.

»Was … was ist passiert? Was fehlt mir?« Panik. In
meinem Handrücken steckt eine Nadel, ein Schlauch
führt zu einem Ständer mit einer Flasche. Ich merke, wie
mein Atem hektisch geht, habe das Gefühl, nicht genug
Luft zu bekommen.

»Ganz ruhig.« Der blonde Lockenkopf streicht über
meinen Arm. »Der Arzt kommt gleich. Ich bin Martha,

ich sage Doktor Bauer Bescheid, dass Sie wach sind.«

Martha, die Pflegerin, richtet sich auf, verschwindet aus meinem Blickfeld, ich höre eine Tür zuschlagen. Meine Lider werden schwer, ich versinke ins Dunkle.

»Frau Vogt? Frau Vogt, hören Sie mich?«

Mühsam öffne ich die Augen und sehe eine männliche Gestalt, die auf mich hinabschaut.

»Ich bin Doktor Bauer, Sie sind auf der Intensivstation in Liestal, Sie lagen fast zwei Tage im Koma.« Er beugt sich über mich. »Wie fühlen Sie sich?«

Du liebe Zeit, Koma? Dann muss der Unfall schlimm gewesen sein. Wie ich mich fühle, kann ich nicht sagen.

»Was fehlt mir?« Die Worte kommen schwer, meine Zunge klebt am Gaumen, im Hals brennt es.

»Sie haben einen Schienbeinbruch, den wir operieren müssen. Schnittverletzungen am Kopf und Mittelhand-stauchungen zwischen Daumen und Zeigefinger. Auch eine leichte Gehirnerschütterung. Aber keine Angst, wir kriegen das wieder hin. Sie haben großes Glück gehabt.« Doktor Bauer klingt zuversichtlich, strahlt Ruhe aus.

Glück? Sieht so Glück aus? Ich versuche zu nicken. »Weiß jemand ... ich meine, ist jemand benachrichtigt worden, was mir passiert ist?« Will mich aufrichten, doch der Doc verhindert das mit sanftem Druck.

»Bleiben Sie ruhig liegen. Ihre Eltern sind verständigt. Anhand der Papiere, die im Auto gefunden wurden, konnte die Polizei Ihre Angehörigen ausfindig machen. Wir werden ihnen mitteilen, dass Sie wach sind. Morgen können Sie dann Besuch empfangen. Ihre Eltern haben schon mehrfach angerufen und sich immer wieder nach Ihnen erkundigt.«

»Meine Eltern…« Ich halte inne, bei jedem Wort schmerzt die rechte Gesichtshälfte. Ich taste mit der Hand an meine Wange.

»Nicht, Sie haben Schnittwunden, die sind frisch genäht.« Der Arzt nimmt meine Hand und legt sie zurück auf die Bettdecke. »Ich schicke Martha, sie wird Ihnen was gegen die Schmerzen geben. Und dann versuchen Sie zu schlafen, das hilft immer. Ich schaue morgen wieder nach Ihnen.«

Doktor Bauer verlässt das Zimmer, lässt mich mit den quälenden Gedanken zurück. Unfall. Koma, Operation. Mir schwirrt der Kopf. Am liebsten würde ich wieder ins Nichtwissen versinken.

Ich schrecke auf, als jemand meinen Arm berührt.

»Soll ich außer Ihren Eltern noch jemanden informieren?« Martha, die Pflegerin mit den blonden Locken, lächelt mich an.

»Ja, Herrn Wiler in der Firma, für die ich arbeite.«

»Sagen Sie mir den Namen der Firma, bitte.«

Ich flüstere ihr den Namen zu. »Das ist ganz wichtig, und dann noch meinen Geschäftspartner, Bruno Seiler, er übernimmt mein Projekt während dieser Zeit. Darf er mich besuchen?«

»Solange Sie auf der Intensivstation liegen, nein, nur Angehörige dürfen kommen. Ich werde Ihren Geschäftspartner informieren, sobald Sie wieder Besuch erhalten dürfen. Ich gebe Ihnen jetzt noch eine Spritze gegen die Schmerzen. Und dann werden Sie wunderbar schlafen.«

Habe ich soeben Geschäftspartner gesagt? Ich spüre einen leichten Stich von der Spritze, die Augenlider werden schwer.

»Sie haben von gestern bis heute Nachmittag durchgeschlafen, Frau Vogt, das ist sehr gut. Trotz hochwirksamer Medizin ist Schlaf nicht zu unterschätzen.« Eine Pflegerin, diesmal nicht Martha, ist leise an mein Bett getreten. Sie misst den Blutdruck, kontrolliert meine Augen und noch andere Körperteile, tastet den Hals entlang bis aufs Brustbein. Hängt dann eine neue Flasche an den Infusionsständer, dreht am Rädchen, bis die Flüssigkeit gleichmäßig tropft.

»Ihre Eltern warten draußen, möchten Sie sie empfangen?«

»Ja.«

»Kind, Kind, was machst du für Sachen!« Es ist Mutter.

Ich versuche zu lächeln. Die Gesichtshälfte spannt. Es schmerzt.

»Morgen wirst du operiert, hat Doktor Bauer gesagt. Aber sag mal, wie konnte das passieren?«

»Keine Ahnung«, flüstere ich, »der Traktor war plötzlich vor mir und ab da weiß ich nichts mehr.«

»Das wird die Polizei schon noch abklären«, mischt sich Vater ein, »Hauptsache du wirst wieder gesund.«

»Papa, kannst du bitte Mischa über den Unfall informieren?«

»Diesen Schwulen?«

»Ja, Mama, diesen Schwulen.« Trotz Schmerzen regt sich leichter Zorn in mir.

»Lass das, Margrit.« Vater streicht über meinen Arm. »Ich übernehme das. Hast du eine Telefonnummer?«

»Mein Handy, vielleicht liegt es im Nachttisch? Dort findest du sie, unter Mischa.«

Er zieht die Schublade heraus und gibt mir das Telefon zum Entsperren.

»Ich rufe ihn morgen an.«

Eine Weile sitzen die Eltern verlegen an meinem Bett. Ich mag nicht sprechen, mein Kopf schmerzt, mein Bein schmerzt und meine Hand schmerzt.

Zum Glück streckt die Pflegerin den Kopf zur Tür herein. »Die Besuchszeit ist um. Frau Vogt braucht Ruhe. Sie werden morgen über die Operation informiert.«

Endlich sind sie weg. Ich bin müde.

Morgen werde ich operiert. Ich habe Angst. Angst, dass ich nie mehr so sein werde wie vorher. Angst, dass ich den Auftrag verliere. Mit dieser Angst schlafe ich ein.

»Die Operation ist gut verlaufen.« Eine Stimme sickert wie durch einen dicken Nebel an mein Ohr. Aus dem Augenwinkel sehe ich, wie Martha die Schläuche kontrolliert, die mich mit dem Nötigsten versorgen. »Morgen bringe ich Sie auf die normale Station und dann brauchen Sie nur noch Geduld, bis alles wieder so ist wie vor Ihrem Unfall.«

Meine Bettnachbarin, eine ältere Dame mit einer neuen Hüfte begrüßt mich liebevoll und schiebt mir gleich eine Schachtel mit Pralinen zu, damit ich bald wieder zu Kräften komme. Mir ist im Moment nicht nach Pralinen, doch der liebenswürdigen Dame wegen nehme ich eine aus der Schachtel und lege sie in einem unbeobachteten Moment auf den Nachttisch.

Ich hibbele der Arztvisite entgegen. Ich möchte endlich genau wissen, wie es nun weitergeht mit mir. Hat Bruno die Nachricht von der Schwester bekommen? Hat sie sich auch mit Wiler in Verbindung gesetzt? Wo ist Mischa? Hat Vater ihn wie versprochen benachrichtigt?

Ich fühle mich so hilflos, kann nichts machen, außer dazuliegen. Das Projekt! Meine Selbstständigkeit! Das Haus, das mir gekündigt wurde! Wo soll ich hin, wenn ich hier wieder raus bin? Weshalb lassen mich meine Freunde so allein? Das heulende Elend überkommt mich.

»Nicht weinen, Kindchen.« Es ist die alte Dame. »Alles wird gut.«

Ich bin kein Kindchen und drehe den Kopf zur Seite.

Die Tür öffnet sich und herein kommt ein ganzer Tross von Ärzten. Zuerst wird die alte Dame untersucht und ich höre, dass sie in zwei Tagen in die Reha gehen kann. Die Glückliche, bin neidisch, und versuche, ein entspanntes Gesicht zu machen, sobald die Ärzte und

Schwestern an mein Bett treten. Doktor Bauer schiebt das Laken von meinem operierten Bein und erklärt den Assistenzärzten die Sachlage. Anschließend untersucht er die Schnittwunden, die gestauchte Hand, kontrolliert meine Augen und den Nacken.

Er nickt, sein Lächeln wirkt zufrieden. »Wenn sich die Schwellung zurückgebildet hat, können wir einen Gips anlegen. Die Schnittwunden im Gesicht verheilen gut, ich bin sehr zufrieden mit Ihnen.«

»Wie lange muss ich denn hierbleiben?«

»Das kann ich Ihnen noch nicht sagen. Aber keine Angst, wir behalten Sie nicht einen Tag länger hier als notwendig.«

Der Ärztetross verschwindet und lässt mich deprimiert zurück.

»Sie dürfen ganz sicher nach Hause, wenn Sie den Gips haben«, versucht die alte Dame mich aufzumuntern.

Ich nicke und schließe die Augen. Ich möchte nicht reden.

Nur das Nachtlicht brennt, als ich erwache. Die Dame im Bett neben mir schnarcht leise.

Mein Bein schmerzt. Meine Hand schmerzt und auch mein Kopf tut weh. Ich habe Durst. Mit der gesunden Hand suche ich nach der Klingel. Jemand hat sie aufs Bett gelegt. Sehr fürsorglich.

Die Tür öffnet sich, die Nachtschwester huscht herein. Ich stöhne auf, zeige auf das Bein und flüstere ihr zu, dass ich Durst habe. Ich fühle die Schnabeltasse an meinem Mund. Gierig trinke ich.

»Ich gebe Ihnen eine Spritze gegen die Schmerzen, dann können Sie wieder schlafen.« Sachte streicht sie die verschwitzten Haare aus meiner Stirn.

Die Spritze wirkt schnell, die Schmerzen verschwinden, kurze Zeit später dämmere ich weg.

Bruno sitzt an meinem Bett. Ich blinzle.

Weshalb ist er hier? »Du?«

»Ja.« Er lächelt.

Auf der Bettdecke liegt eine dunkelrote Rose.

»Wie spät ist es?«

»Die Besuchszeit ist jeden Tag von vierzehn bis sechzehn Uhr.«

»Die Schwester hat dir telefoniert?«

»Hat sie. Zweimal. Das erste Mal, um mir zu sagen, dass du einen Unfall hattest und das zweite Mal heute, dass ich dich besuchen darf. Etwas von Geschäftspartner hat sie auch gesagt.«

Ich verziehe das Gesicht. Es spannt immer noch, aber nicht mehr so stark. »Du musst Herrn Wiler anrufen, sagen, wo ich bin, und dass ich im Moment nicht arbeiten kann.«

»Der ist schon informiert.« Er streicht über meinen Arm. »Alles paletti, Sarah, dein Projekt läuft. Was ich jetzt benötige, sind die Schlüssel zu deinem Haus und das Passwort vom Projekt.«

»Es ist nicht mehr mein Haus. Ich muss da raus. Ende November. Eigenbedarf, hat der Vermieter geschrieben.«

»Auch das schaffen wir. Also, Schlüssel und Passwort. Ohne kann ich nicht arbeiten.« Nun grinst er.

Er holt den Schlüssel aus meiner Handtasche und ich simse ihm das Passwort.

»Ich habe keine Ahnung, wie lange ich hierbleiben muss und noch weniger Ahnung, wie es nachher weitergeht.«

»Das schauen wir dann, wenn es so weit ist. Im Moment bist du noch hier.« Er küsst mich zärtlich. »Vergiss nicht, wir sind gut, wir werden es schaffen. Ich werde mir jetzt mal dein Projekt vornehmen. Mach's gut, ich besuche dich morgen wieder.« Er streicht mir übers Haar und gibt mir einen brüderlichen Kuss auf die Stirn.

Ich schau ihm nach. Ja, mit ihm zusammen werde ich es schaffen.

Meine Männer

Ich sitze in meinem heißgeliebten Großmuttersessel in Raouls Wohnzimmer in Ferret. Er schmückt den Tannenbaum. Bunte Kugeln, schmachtende Engel und ganz viel Glitter.

Seit drei Monaten bin ich aus der Klinik. Es ist das erste Weihnachten, das ich nicht bei meinen Eltern verbringe. Traurig bin ich nicht. Obwohl ich Frieden mit Mutter geschlossen habe, geht mir ihre bürgerliche Bünzligkeit immer noch auf die Nerven. Aber wir haben uns arrangiert. Leben und leben lassen.

Emma hat im September einen gesunden Jungen zur Welt gebracht, Marco heißt er, und so langsam findet auch Herbert wieder ins normale Familienleben zurück. Jedenfalls hat sie mir letzte Woche am Telefon gesagt, dass er kürzlich das erste Mal nachts aufgestanden ist, als das Baby nicht aufhören wollte zu schreien.

»Magst du eine heiße Schokolade«, ruft Raoul, der auf der obersten Leitersprosse steht und die Spitze des Tannenbaums mit einem so fulminanten Stern schmückt, dass die schmachtenden pausbäckigen Engel unter ihm blass aussehen.

»Oh ja, gerne.« Ich stemme mich aus dem Sessel hoch.

»Bleib sitzen, ich komm gleich runter und koch dir die

beste heiße Schokolade, die du je getrunken hast.«

Entspannt lasse mich wieder zurückfallen. Ich genieße es, von meinen Männern verwöhnt zu werden.

Mischa! Ich sehe ihn noch heute vor mir. Seine Hände, wie sie kraftvoll die Trommelstöcke geschwungen haben. Seinen Mund, seine Lippen. Ich glaube, ich habe mich damals schon verliebt in ihn.

Bruno! Mein liebster Kollege, heutiger Geschäftspartner und Liebhaber. Bei ihm kann ich mich fallenlassen. Die Zeit, in der wir zusammen sind, ist sehr intensiv. Wahrscheinlich wäre das nicht der Fall, würden wir zusammen wohnen.

Raoul! Der beste Koch der Welt. Er hat mich aufgepäppelt, als ich wie ein Häufchen Elend bei ihm eingezogen bin. Er hat mich getröstet, wenn mich das heulende Elend überkam und ich mir wegen des Unfalles Vorwürfe machte, obwohl die Schuld gemäß Polizeibericht eindeutig beim Traktorfahrer lag.

Drei Männer, auf die ich mich verlassen kann. Drei Männer, drei Freunde fürs Leben.

Ich sehe das Gesicht von Bruno immer noch vor mir, als Mischa mich im Spital besuchte. Wir besprachen gerade die Einzelheiten des Projektes, das Bruno für mich weiterführte. Die Tür öffnete sich und Mischa trat ein, in der Hand einen überdimensionalen Blumenstrauß. Rote Rosen waren es. Er beugte sich hinunter und küsste mich auf die Stirn. »Du hast mir einen schönen Schreck eingejagt, als dein Vater mir von deinem Unfall erzählte.« Er setzte sich auf die Bettkante, streichelte meine Hand. Erst jetzt bemerkte er Bruno, der etwas abseits am Kopfende des Bettes stand. Ich stellte die beiden einander vor. Brunos Augen sprachen Bände. Wenn mein Gesicht durch die Verletzungen nicht so geschmerzt hätte, ich hätte laut herausgelacht. Die beiden beäugten sich zuerst misstrauisch, fingen aber nach kurzer Zeit eine Diskussion über meinen Kopf hinweg an, wie es wohl nach meiner Entlassung weitergehen würde.

»Sie kann unmöglich in das Haus zurück. Sie wäre dort vollkommen verloren«, begann Mischa.

Bruno nickte zustimmend und ergänzte: »Ganz besonders, da ihr der Mietvertrag bis Ende November gekündigt wurde.«

»Der Mietvertrag wurde dir gekündigt? Weshalb bist du nicht zu mir gekommen, Sarah, ich habe einen exzellenten Notar, der dir bestimmt geholfen hätte.«

»Das wollte ich ja«, wandte ich ein, »aber …«

Bruno unterbrach mich: »Das hat sich erledigt, ich habe mich erkundigt, nichts zu machen bei Eigenbedarf.«

Sie berieten noch einige Zeit über mein Wohl nach der Entlassung. Zu Worte kommen ließen sie mich nicht.

Am nächsten Tag rief mich Mischa an und erklärte, dass ich nach meinem Spitalaustritt bei Raoul in Ferret, in der Anliegerwohnung, wohnen würde. »Er ist immer zu Hause, kann nach dir schauen und du kannst dich in Ruhe erholen. Und du sagst mir, welche Möbel du mitnehmen möchtest, den Rest stellen wir ein. Keine Widerrede«, ergänzte er, als ich versuchte, etwas zu sagen, »ich habe schon alles arrangiert.«

Ein paar Tage später habe ich Bruno aufgeklärt. »Wegen Mischa musst du nicht eifersüchtig sein, er ist keine Gefahr für dich.«

Es dauerte etwas, bis er begriff, was ich meinte, aber in seinen Augen sah ich, dass er erleichtert war.

Die Eingangstür öffnet sich, Bruno und Mischa treten ins Wohnzimmer und bringen einen Schwall kalter Luft von draußen mit.

»Unsere Patientin, kommst du klar mit Raoul?« Mischa beugt sich herunter und gibt mir einen Kuss.

»Ich bin keine Patientin mehr, und mit Raoul komme ich am besten klar von euch dreien. Der bestimmt nämlich nicht über meinen Kopf hinweg.«

»Bist du doch, und eine Ungeduldige noch dazu.« Bruno nimmt mich in den Arm. Seine Küsse lösen jedes Mal ein wildes Schmetterlingsgefühl in meinem Bauch aus.

»Warst du noch bei Wiler?«, frage ich.

»Alles gut, das Projekt nimmt Fahrt auf. Im Januar wird die nächste Sitzung sein, mit dir zusammen.«

»Oh ja, da freue ich mich drauf. Endlich wieder richtig was arbeiten.« Bruno ist inzwischen mein offizieller Geschäftspartner.

Oft denke ich an meine Worte damals, als mir Mischa gesagt hat, dass er schwul ist. ›Das Wichtigste in meinem

Leben ist meine Unabhängigkeit und dass ich niemandem etwas beweisen muss‹. Bei Bruno muss ich mich nicht beweisen.

Raoul kommt aus der Küche. »Wenn ihr fertig mit Schmusen seid, könnten wir essen. Setzt euch bitte an den Tisch.«

Bruno hilft mir aus dem Sessel, mein Bein schmerzt ab und zu, besonders die Wetterwechsel machen mir zu schaffen.

Als wir sitzen, entkorkt Raoul einen Crémant. Bedächtig füllt er die Gläser. »Ich habe eine Überraschung für euch.« Er hebt sein Glas, nimmt Mischas Hand. »Stoßt mit uns an, liebe Freunde, Mischa und ich werden heiraten.«

Verblüfft schau ich die beiden an. »Die Überraschung ist euch gelungen. Wird Mischa nach Ferret ziehen?«

»Oh nein«, Raoul lacht, »Mischa ist nicht fürs Landleben geschaffen.«

Ich stehe auf, gehe um den Tisch und umarme die beiden. »Wann wird die Hochzeit sein?«

»Im April, wenn der Apfelbaum blüht, und was ist mit euch?«

Ich schaue Bruno an und schüttle den Kopf: »Es ist gut so, wie es ist.«

Daraufhin lächelt er und sagt: »Noch ist nicht aller Tage Abend, mein Herz.«

»Ja, ja, red du nur, Träumer.« Muss auch lächeln.

Danksagung

Liebe Leserin, lieber Leser, ich hoffe, dass ich Ihnen mit meinem Buch ein paar schöne Stunden verschaffen konnte.

Es war für mich eine Freude, dieses Buch zu schreiben. Nicht nur weil ich als ausgewanderte Baslerin während des Schreibens zusammen mit meiner Heldin durch die Straßen von Basel wandern konnte, sondern auch weil diese Geschichte teilweise autobiografischen Züge aufweist. Es ist aber ein Roman und keine reine Autobiografie.

Während des Schreibens habe ich die Fasnacht nach vielen Jahren in Gedanken nochmals live erlebt. Das Gewusel in den Straßen. Der Duft der Mehlsuppe, die am Morgenstraich über der Stadt schwebt. Die Tambouren mit ihren grandiosen Trommeleinsätzen. Die Füße, die ich nach dem langen Cortège nicht mehr spürte. Der Abschied von der Laterne am Donnerstagmorgen um vier Uhr.

Aber auch die Vorfreude auf die drei schönsten Tage im Leben eines Fasnächtlers. Die Aufregung bei der Anprobe der Larven und des Kostüms. Die ersten „Gehversuche" mit der Larve auf dem Kopf und dem Piccolo am Mund. Kommen die Töne sauber, so wie sie in der Übungsstunde gekommen sind? Es war eine schöne Zeit. Ein Lebensabschnitt, den ich nicht missen möchte.

Mein Dank geht an meine Lektorin, Elsa Rieger. Wir haben nun schon einige Projekte hinter uns, und ich arbeite so gerne mit dir zusammen. Weil du meine Sprache verstehst und noch nie versucht hast mich zu verbiegen.

Enya Kummer, dir durfte ich die ersten Kapitel schicken, nachdem ich Zweifel bekommen habe, und du hast mich ermuntert, weiter am Projekt zu arbeiten. Hab Dank dafür.

Mein Dank geht natürlich auch an meine Cover Designerin, DaylinArt. Liebe Irene, du zauberst für meine Geschichten so unheimlich tolle Cover, Cover die meinen Geschichten ein Kleid geben. Ich bin sehr froh, dass ich dich gefunden habe.

Und natürlich danke ich meinem Mann und Lebenspartner Manfred, für seine Unterstützung und seine Geduld. Zum Beispiel wenn ich im Schreibrausch war, alle anderen Dinge liegenblieben, dann übernahmst du das ‚Ruder' ohne dass es Diskussionen gab.

Mein größter Dank aber gilt meinen Leserinnen und Lesern. Ohne euch würden meine Geschichten in den Tiefen des Nirwanas liegen.

Wenn ihr mehr über mich und meine Bücher lesen wollt, auf meiner Homepage und auf meiner Facebook-Seite darf gestöbert werden.

www.verena-dahms.com
www.facebook.com/V.Dahms

Meine Bücher

Eine Frau kämpft für ihren Traum

1956 flüchtet Anna Horvath zusammen mit ihren Eltern vor den sowjetischen Truppen aus Ungarn in ein Bergdorf in der Schweiz. Sie wächst in zwei Welten auf. Ein Zwiespalt entwickelt sich in ihr. Wo gehört sie hin? Ist Ungarn ihre Heimat oder die Schweiz, ihr neues Zuhause? Anton, ein Nachbarjunge, hilft ihr, im Dorf Fuß zu fassen, im Laufe der Zeit entwickelt sich Zuneigung, ja, Liebe. Doch Anna bleibt getrieben, rastlos, schafft es nicht anzukommen. In ihrer Not entdeckt sie zunächst das Zeichnen, dann das Malen. Damit findet sie ihre Bestimmung, ihr Glück – eine andere Art von Heimat. Ein Kunstagent wird ihr Mentor, sie verlässt das Bergdorf, und später erlangt Anna durch die internationale Anerkennung als Kunstmalerin endlich Akzeptanz. Aus dem Flüchtlingskind von einst wird eine gefeierte Persönlichkeit. Besessen malt Anna bis zur Selbstaufgabe, verkraftet dadurch Schicksalsschläge, in die sie sich hinein manövriert hat, und obwohl sie immer wieder an Anton, ihre Jugendliebe denkt, schiebt sie ihn und das Leben selbst beiseite.

Ob sie jemals erkennt, dass die Liebe zu einem Menschen wertvoller ist als die Leidenschaft zur Kunst?

Deine Küsse schmecken wie frische Erdbeeren

Ein herrschaftliches Weingut in der Dordogne im Süd-westen von Frankreich kurz nach dem Zweiten Welt-krieg.

Amélies innigster Wunsch ist es, Medizin zu studieren. Doch ihr Leben als Tochter eines Weingutbesitzers ist vorgezeichnet. Nach erbitterten Diskussionen mit ihren Eltern willigen diese endlich ein. Sie bekommt als eine der wenigen Frauen einen Studienplatz an der Universi-tät in Bordeaux. Mit einem Doktortitel kehrt sie zurück und übernimmt eine Landarztpraxis.

Auf einem Weinfest begegnet ihr Alexandre, ein Ernte-helfer. Sie fühlt sich von seiner Unbekümmertheit ange-zogen, er bewundert ihre Intelligenz. Trotz sozialer Un-terschiede kommen sie einander näher. Es entwickelt sich eine Liebe, die nicht sein darf. Alexandre ver-schwindet aus Amélies Leben, ohne dass sie ihn jemals vergessen kann. Jahre später begegnen sie sich erneut ...

Ein Roman über eine selbstständige Frau, die sich den gesellschaftlichen Zwängen der damaligen Zeit wider-setzt.

Sie nannten mich Joe, ein Leben für die Musik

Ich habe alles gewagt. Und verloren. Sitze mit Obdachlo-sen in der Kälte, zittere. Nicht weil ich friere. Weil ich Stoff brauche und nicht weiß, woher nehmen. Kompo-nieren? Da kann ich nur lachen, ich bin leer, total leer. Bis auf einen haben mich alle Freunde verlassen, meine

Rockband ist zersplittert. Ich bin am Ende. Einst ein Star der Berliner Musikszene, jetzt Abschaum. Als es losging, dass Melodien aus mir raus, endlich raus wollten, schmiss ich meinen Job als Jurist. Tag und Nacht habe ich wie verrückt komponiert. Um wachzubleiben, schluckte ich kleine weiße Pillen, mehr und mehr, Speed und Kokain folgten, jetzt sitze ich wieder da am Berliner Drogentreffpunkt, nach Entziehungskur, nach der Liebe, nach der Musik.

Ein Roman über Musik, Ruhm, Gier, tiefen Fall und – neuer Hoffnung vielleicht ...

Claire traut sich

Es gibt Schuhe, für die das Taxi erfunden wurde.

Claire ist Standesbeamtin. Tagein, tagaus hat sie verliebte Paare vor Augen. Und das, obwohl sie nach einer großen Enttäuschung die Nase gestrichen voll von Männern hat. Nie wieder!, schwört sie und meldet sich im »Club der Eheverweigerer« an.

Auch ihre Freundin Renate wünscht sich mehr Pepp in ihrem bereits öden Eheleben und lenkt sich mit Partys ab.

An ihrem vierzigsten Geburtstag kauft sich Claire ein paar sündhaft teure lila High Heels. Mit diesen Schuhen will sie am Abend auf der Party, die Renate für sie organisiert, in einen neuen Lebensabschnitt stöckeln.

Dort begegnet ihr Richard, ein bekannter Scheidungsanwalt. Frisch getrennt schaut er sich wieder in der freien Wildbahn um. Sehr angetan von Claire lädt er sie zu einer Bergtour ein.

Und Renate? Die wäre einem amourösen Abenteuer mit Richard nicht abgeneigt.

Wer jetzt denkt, das amüsante Liebeskarussell ist damit schon erzählt, der irrt.

Denn wie es im Leben so ist, es kommt alles anders als gedacht.